2016
中国年度好诗三百首

主　编　　　　　　副主编
张德明　　　符昆光　黄　钺

暨南大學出版社
JINAN UNIVERSITY PRESS
中国·广州

图书在版编目（CIP）数据

2016中国年度好诗三百首／张德明主编；符昆光，黄钺副主编．—广州：暨南大学出版社，2017.5

ISBN 978－7－5668－2103－4

Ⅰ.①2…　Ⅱ.①张…②符…③黄…　Ⅲ.①诗集—中国—当代　Ⅳ.①I227

中国版本图书馆CIP数据核字（2017）093291号

2016中国年度好诗三百首

2016 ZHONGGUO NIANDU HAOSHI SANBAISHOU

主　编：张德明　副主编：符昆光　黄　钺

出 版 人：徐义雄
策划编辑：杜小陆　潘江曼
责任编辑：潘江曼
责任校对：黄志波
责任印制：汤慧君　周一丹

出版发行：暨南大学出版社（510630）
电　　话：总编室（8620）85221601
　　　　　营销部（8620）85225284　85228291　85228292（邮购）
传　　真：（8620）85221583（办公室）　85223774（营销部）
网　　址：http：//www.jnupress.com　http：//press.jnu.edu.cn
排　　版：广州良弓广告有限公司
印　　刷：广州市穗彩印务有限公司
开　　本：787mm×1092mm　1/16
印　　张：25
字　　数：396千
版　　次：2017年5月第1版
印　　次：2017年5月第1次
定　　价：59.80元

目　录

A

阿华 / 海边：暮色降临_ 1
阿吉 / 花香满庭_ 2
阿坚 / 养老院的大号婴儿_ 3
阿毛 / 蜜蜡姑娘_ 4
阿未 / 无人看守的孤独_ 5
阿翔 / 雨比你更洞悉传奇_ 6
阿信 / 河曲马场_ 7
艾静子 / 我想通过你的手指到达远方_ 8
艾蔻 / 魔术_ 9
安琪 / 生命全集_ 10

B

白鹤林 / 最小的阴影_ 11
白玛 / 无数的春天，一个白玛_ 12
北塔 / 雪的洁癖_ 13
北野 / 从前我为陌生人写作_ 14
笨水 / 豹_ 15
笨水 / 养石_ 16
宾歌 / 宰年猪_ 17
布衣 / 雨珠_ 18

C

曹东 / 一只乌鸦是天空的僧人_ 19
车延高 / 石匠_ 20
陈东东 / 它仍是一个奇异的词_ 21
陈光宏 / 草飞扬_ 23
陈会玲 / 再见_ 24
陈景涛 / 怀疑_ 25
陈人杰 / 在草地静坐_ 26
陈傻子 / 旷野里的飞蛾_ 27

陈文君 / 夏季_ 28
陈翔 / 礼物_ 29
陈小三 / 游泳往事_ 31
陈陟云 / 最后的玫瑰_ 32
陈灼 / 一群自杀的鱼_ 33
程东斌 / 兄长留在尘世的一顶帽子_ 34
程维 / 今秋无事_ 35
窗户 / 蝙蝠_ 36
春暖水 / 蜗牛_ 37
从容 / 拍照小记_ 38

D

大解 / 承德_ 39
大友 / 两次烫伤_ 40
代薇 / 天井_ 41
淡若春天 / 致某某_ 42
灯灯 / 中年之诗_ 43
邓晓燕 / 关于桃花_ 44
丁鹏 / 雨不是雨_ 45
丁薇 / 父亲_ 46
丁燕 / 黄昏的草场_ 47
东君 / 致北京_ 48
东篱 / 一位瓦全者的母亲_ 49
独化 / 诗意之一种_ 50
杜涯 / 致星空_ 51
段若兮 / 我一定是死了_ 53
朵渔 / 感官之爱_ 54

F

樊子 / 绿皮火车_ 55
飞廉 / 钱塘江秋夜_ 56
冯娜 / 短歌_ 57
符昆光 / 菊花_ 58
傅荣生 / 春风破_ 59

G

高春林 / 唤鱼_ 60
高梁 / 桃林_ 61
高旭旺 / 村灯_ 62

高源 / 碎_ 64
龚学敏 / 在洋县龙亭镇谒蔡伦墓祠_ 65
谷禾 / 驻颜术_ 66
顾北 / 假设比想象来得真实_ 67
郭志凌 / 白杨河峡谷_ 68

H
海媚 / 麦芒是个好人_ 69
海男 / 灰尘和水我爱哪一个_ 70
海烟 / 我的虚无日子_ 71
韩宗宝 / 不惑之年_ 72
河石 / 剥玉米_ 73
洪瑜沁 / 一阵风吹进中年_ 74
胡静 / 绿野仙踪_ 75
胡茗茗 / 九年_ 76
胡弦 / 马戏团_ 77
荒原子 / 眉邬，大雪纷飞_ 78
黄灿然 / 母子图_ 79
黄梵 / 老婆_ 80
黄海星 / 旧地_ 81
黄礼孩 / 夜气_ 82
黄锡锋 / 母亲体内的敌人_ 83
黄晓平 / 雨中的铁_ 85
黄亚洲 / 来到英国乡间_ 86
霍俊明 / 蜀地小镇_ 87

J
吉狄马加 / 土墙_ 88
吉尚泉 / 小玉_ 89
简明 / 草原跋_ 90
剑男 / 上河_ 96
江耶 / 容器_ 97
姜念光 / 诗行_ 98
姜涛 / 郊区作风_ 99
蒋立波 / 在桥上_ 100
蒋卫 / 枯草帖_ 102
蒋在 / 手中的白桂花_ 103
金玲子 / 病到午_ 104
津渡 / 青蚱蜢_ 105
敬文东 / 笔记本_ 106

K

康苏埃拉 / 尽管火种并不忠诚_ 108
柯桥 / 荷花一直开到秋天_ 109

L

蓝喉 / 甲乙_ 110
蓝紫 / 沉默的手艺_ 111
老六 / 母亲　儿又搬家了_ 112
冷含莹 / 田野：一个社会学学徒的研究备忘录_ 113
冷眉语 / 滚绣球_ 114
离开 / 雪把雪落了下来_ 115
黎权 / 村上君_ 116
李不嫁 / 玩泥巴的孩子_ 117
李海洲 / 逝去日子，或乐队 Beyond_ 118
李皓 / 扫描月亮_ 119
李宏伟 / 来自永恒的临时垂青_ 120
李见心 / 潮湿的马_ 121
李空吟 / 夤夜思_ 123
李孟伦 / 致日月湾_ 124
李南 / 嘿！阴郁先生_ 125
李轻松 / 一窝蚂蚁_ 126
李荣茂 / 补钙，补钙_ 127
李少君 / 疏离感_ 128
李王强 / 誓约_ 129
李文强 / 喀纳斯湖边的夏牧场_ 130
李晓妮 / 广府：用太极的眼睛看世界_ 131
李浔 / 隔世_ 132
李岩 / 我年少时见过的那些壮汉哪里去了_ 133
李燕 / 安放_ 134
李以亮 / 履历_ 135
李元胜 / 过张北镇_ 137
李越 / 一个燃烧的梦_ 138
李志勇 / 甘肃_ 139
李壮 / 午夜之子_ 140
梁平 / 白马秘籍_ 141
梁文昆 / 为什么要活下去_ 142
梁晓明 / 风铃_ 143
林雪 / 郭里口村_ 144
林一木 / 我喜欢这世界衰败的部分_ 145

林子懿 / 昆明秋天_ 146
刘春 / 月光_ 147
刘大伟 / 青海的尕肉儿_ 148
刘建东 / 一个老人_ 149
刘洁岷 / 小满_ 150
刘龙平 / 短发_ 151
刘起伦 / 下午的庭院_ 152
刘倩儿 / 原谅我的疼痛_ 153
刘术香 / 每一朵花都孤独_ 154
刘苏 / 我羡慕那棵树_ 155
刘西英 / 在滦州_ 156
刘向东 / 化蝶_ 157
刘阳鹤 / 桃花园记_ 158
柳沄 / 夜晚_ 159
龙红年 / 香樟树下_ 160
龙青 / 折痕_ 161
卢卫平 / 石头和水_ 162
芦苇岸 / 源头_ 164
鲁丹 / 月夜_ 165
鲁娟 / 自在_ 166
鲁若迪基 / 小凉山很小_ 167
鲁绪刚 / 途中_ 168
陆渔 / 桃花扇_ 169
路也 / 生祠镇的春天_ 170
路云 / 凉风_ 171
罗逢春 / 逆光与反景_ 172
罗霄山 / 积雪的群山_ 174
罗兴坤 / 丘陵_ 175
洛夫 / 苍蝇_ 176
吕达 / 忘年老友_ 177
吕德安 / 一棵树_ 178

M

马骥文 / 墓园记事_ 179
马嘶 / 献辞_ 181
马晓康 / 我想擦一擦父母头上的雪_ 182
马新朝 / 周家庄乡的果树林_ 183
毛子 / 在沪蓉高速公路_ 184
梅驿 / 猪肉之歌_ 185

梦也 / 伯纳姆海滩_ 186
米绿意 / 黑白画_ 188
洛雁 / 我在大雨之前出走_ 189
莫非 / 大雪_ 190
莫小闲 / 你路过我的身体_ 192

N
南飞 / 铜鼓_ 193
聂磊 / 乡野书——弥撒_ 194
聂权 / 流浪儿_ 195
宁延达 / 看上去_ 196
宁颖芳 / 倒影_ 197
欧阳昱 / 弄月_ 198

P
潘洗尘 / 回家_ 199
盘妙彬 / 推卒过河_ 200
庞培 / 枕旁的毕肖普_ 201
庞余亮 / 半墙记_ 203
彭惊宇 / 怀念曼德拉_ 204

Q
祁鸿升 / 秋天，在滩涂_ 206
乔延凤 / 徽杭古道_ 207
青小衣 / 麦秸画_ 208
晴朗李寒 / 这正是我想要的……_ 209
邱籽 / 不安_ 211
秋水 / 雪_ 212
秋子 / 世俗生活_ 213
曲近 / 佛坠_ 214
泉子 / 为什么_ 215

R
人邻 / 旅途一刻_ 216
任白 / 航线_ 217
荣光启 / 母亲_ 218
荣荣 / 大风呼啸_ 219
荣荣 / 康保猪肉石_ 220
若水 / 都是我的_ 221

S

三个 A / 我有一把刀_ 222
桑克 / 忆父亲_ 223
桑子 / 光不用太多_ 225
商略 / 过永康太平水库_ 226
商震 / 巴颜喀拉：圣洁的雪_ 228
沈浩波 / 深夜进入一座城市_ 229
沈苇 / 杏花，一门春天的修辞学_ 230
施茂盛 / 孤岛小镇_ 231
施施然 / 饮茶记_ 232
舒丹丹 / 野鹿_ 233
霜白 / 缘由_ 234
嘶沙 / 我说的蓝_ 235
松龄 / 古丽，古丽_ 236
宋烈毅 / 一棵用锈铁丝扭成的水杉_ 238
宋尾 / 与黄沙子谈话时所见_ 239
宋晓杰 / 黄河石_ 240
苏晗 / 下午_ 241
苏浅 / 恒河：自由_ 242
苏省 / 暮秋_ 243
孙俊良 / 月光骑着白马散步_ 244
孙启放 / 良宵引_ 245
孙文波 / 乙未年五月二十七日徒步随手记_ 246

T

太阿 / 忘川_ 247
唐不遇 / 暴雨过后_ 248
唐继东 / 策划一场浪漫主义的别离_ 249
唐小米 / 剥洋葱_ 250
唐毅 / 隐士_ 251
唐致水 / 悬崖_ 252
田暖 / 在车上忆起白银似的童年_ 253
田晓隐 / 许我……_ 254
童作焉 / 立秋过后我们假设相爱_ 255

W

万绿 / 父亲的异乡我的故乡_ 256
汪剑钊 / 库都鲁克大峡谷_ 258
汪抒 / 厌倦_ 260

王单单 / 滇中狂想曲_ 261
王尔碑 / 散花楼_ 263
王浩 / 橙子_ 264
王琪 / 山冈上_ 265
王山林 / 爱情_ 266
王天武 / 失眠人手册_ 267
王小程 / 在春天_ 268
王小妮 / 在长春_ 269
王晓波 / 相信爱情_ 270
王学芯 / 冷月亮_ 271
王有尾 / 马_ 272
韦锦 / 去下雪的山中打猎_ 273
苇欢 / 简单生活_ 274
温秀丽 / 初春或更深的呼吸_ 275
文西 / 茉莉_ 276
文珍 / 一个良夜_ 277
巫小茶 / 天堂_ 278
无常 / 小青虫_ 279
吴春山 / 黑暗不过是一枚旧词_ 280
吴橘 / 桃花潭的鱼和红土_ 281
吴少东 / 以外_ 282
吴向阳 / 奔跑着的秋天_ 284
吴雨伦 / 生日纪念_ 285
梧桐雨梦 / 清代吴家豪宅_ 286

X

西川 / 风_ 287
西渡 / 在晦暗的山径上眺望银河_ 288
西衙口 / 野忍冬_ 289
肖寒 / 我对生活一无所知_ 290
肖水 / 艾草_ 291
潇潇 / 监视生活_ 292
小布头 / 弧度_ 293
小景 / 小米粥_ 294
小米 / 一生_ 295
笑童 / 养石头_ 296
笑嫣语 / 玫瑰之瓷_ 297
谢克强 / 醒_ 298
谢笠知 / 珍珠_ 299

谢夷珊 / 我身陷峡谷里_ 300
谢雨新 / 秋_ 301
杏黄天 / 从来心事两苍茫_ 302
熊曼 / 意外_ 303
熊生婵 / 寄居在猫先生胡须上的病孩子_ 304
徐江 / 排队_ 305
徐学 / 娘说_ 306
徐钺 / 那些树_ 307
徐晓 / 天一黑我们就相爱_ 308
许登彦 / 旅思_ 309
许天侠 / 我以挖掘机的方式生活_ 310
许志华 / 篱笆_ 311
轩辕轼轲 / 花旦_ 313
雪马 / 月亮吃人_ 314

Y

哑石 / 水明楼_ 315
亚楠 / 拜城_ 316
严正 / 凶年_ 317
燕无汐 / 自画像_ 319
阳飏 / 江孜帕拉庄园_ 320
杨碧薇 / 一个人去跳墩河_ 321
杨方 / 苹果园_ 322
杨河山 / 山上的教堂_ 323
杨角 / 一滴雨从高空砸下来_ 324
杨克 / 毁灭奏鸣曲_ 325
杨犁民 / 爱我的人，都是把我用旧的人_ 326
杨森君 / 月亮山_ 327
杨胜应 / 皮肤_ 328
杨晓芸 / 写给小米_ 329
杨秀武 / 一只羊在电话里_ 330
夭夭 / 你的眼神_ 331
姚彬 / 今夜睡觉_ 332
叶丹 / 对诗：修琴的女人_ 334
叶丽隽 / 败酱草_ 336
叶舟 / 阿妈的祈祷辞_ 337
衣米一 / 姐妹_ 338
殷常青 / 露宿_ 339
尹马 / 水浒_ 340

于邦 / 克献家的麦地_ 341
于贵锋 / 不需要_ 342
于坚 / 车站谣曲_ 343
于坚 / 某橡树_ 344
余笑忠 / 白鹤高鸣_ 345
余秀华 / 在与你相聚的路上_ 346
余幼幼 / 骨头_ 347
宇舒 / 写给 11 月 6 日的梦境，和它的消失_ 348
宇向 / 圣洁的一面_ 349
羽微微 / 深陷在人间_ 350
雨倾城 / 仍有寂寞，但不是你_ 351
玉珍 / 永生于我的记忆_ 352
袁东英 / 每一道菜里都盛满甜言和蜜语_ 354
袁源 / 白大褂_ 355
苑希磊 / 小镇_ 356

Z

臧海英 / 在异乡的人_ 357
张成德 / 千里走单骑_ 358
张二棍 / 独坐书_ 360
张建新 / 辨心记_ 361
张静波 / 惊蛰_ 362
张联 / 静地 186_ 363
张小美 / 雪夜_ 364
张晓雪 / 素描牡丹_ 365
张新泉 / 闲云_ 366
张雁超 / 垂老冷_ 367
张映姝 / 草原老鹳草_ 368
张永伟 / 喝水的小鸟_ 369
张勇 / 流星_ 370
张远伦 / 桉树叶水浸泡着少女那卡_ 371
张作梗 / 郊外之歌_ 372
赵目珍 / 歧路诗_ 373
赵晓梦 / 晨曲_ 374
郑万明 / 西凉_ 375
郑兴明 / 离世的亲人_ 376
郑毅 / 大北山一夜_ 377
之雅 / 暮晚_ 378
仲诗文 / 安静_ 379

周瓒 / 决意_ 380
朱巧玲 / 模糊之心_ 381
朱胜国 / 树木辞_ 382
朱朱 / 暝楼_ 383
庄凌 / 与母亲一起洗澡_ 384
最瘦的人 / 三角梅_ 385

编后记_ 386

海边：暮色降临

阿　华

我经常会在暮色里，一个人
去海边走走

但我从没有好好描述过它，也没有
向人提起那些坏脾气的海浪

我没有说，它抓住的全是碎片
是因为选择得太多

我也没有提起那些贝壳，它们都有
浓缩的人生，微小但暗藏着力量

我爱过大海，但爱的也许只是它
表面的繁华：鸥鸟，游鱼，蓝色的海水

对于那些水底深处的风暴
我缺少一种敏感与智慧

……但我曾历经过动荡，知道所有
俱下的泥沙，都将一点点沉于命运的渊底

（原载《山花》2016 年第 1 期上）

简　评：

大海，是客观存在的。就像一首诗，有着表面的语言、架构、切口；也同样有着内在的内容、暗指与深度。

一般游人看到的，总会是它的表层。

那些曾“历经过动荡”，感受过“俱下的泥沙”的人，却往往，保持了缄默。

（黄　钺）

花香满庭

阿　吉

习惯了一个人在幽静夜幕下打坐　仰望天空
与银河相背　一起消磨年轮
星空越来越明亮　而我却渐行渐远
一切的喧嚣都在脚下　世界变得安详宁静

我想穿越那夜幕的迷茫　远离苍穹
去寻找那缕黎明前的曙光　夺魂的霓裳
远离悲伤　一份属于自己的暖阳
一把伞能撑起几许期待
时光如流　错落有致的思维中
不再寂寞时伤感　让心绽放出一抹灿烂

送走夜的彷徨　就有晨的希望
未了的前缘　没有许下的诺言
一针一线的周密　心灵手巧的细致
编织时间的同时　心中装满锦绣

浅红色加深　天渐黎明
云雾扩展极尽渲染斑斓的天空
一道弧边半圆挣脱地平线　与天地连成一片
心中有景　何处不是花香满庭

（原载《绿风》2016 年第 3 期）

简　评：

整首诗有意境，有氛围，也有格调。前面一切的述情，都在“心中有景　何处不是花香满庭”的收尾句上得到注脚，获得提升。另外，诗句的错落有致，连而不接，也从外在形式上给人造成一种“庭院”式的阅读直觉。

（张德明）

养老院的大号婴儿

阿　坚

老得又瘫又糊涂的人
像婴儿一样在床上拉撒，屎已不臭
也像婴儿那样被哄着——听话啊使劲拉
老得牙都掉光的人
被喂进一勺勺糊糊，又流出嘴角
——听话啊使劲咽，能活九十九
老得已经抽抽儿的人
强壮的护士大嫂一把就能抱起来
——听话啊洗洗澡，洗得香香的
老得不怕死不知死为何物的人
幸亏也没什么病痛——真乖啊
傻乐了，幸福得就像一个大号婴儿

（原载《诗潮》2016年2月号）

简　评：

反讽，让很老的时光，也会变得年轻；让很脏的场景，也不至于让人作呕。诗的质感是细腻的，视角更显独特。作者似乎给我们掀开了一个见不得光的旮旯，但“大号婴儿”一词，不禁让我们记起了自己最初的时光，又抛物线般落到了这人生的最后阶段。

你，还“傻乐”得起来吗？

（黄　钺）

蜜蜡姑娘

阿　毛

穿绿色长裙的蜜蜡姑娘
她的宝贝都是金色

春夏到了秋天

黑色波斯猫
亮着两颗金色的眼睛

走在罩着蜜蜡的
玻璃柜上

乌云流过满洲里的太阳

她说：
这是世上最轻的宝石

而诗人醉心的流萤和灯火
没有重量

（原载《汉诗》2016 年第 4 季）

简　评：

“诗人醉心的流萤和灯火/没有重量”，我喜欢这样的结句，有情感的流溢，也有哲理的思辨。

（张德明）

无人看守的孤独

阿　未

就当什么都没有发生，所有的暗算
都与我无关，正如所有的爱情
都与我无关，我又一次上路，一个人
不用再开口说话了，也不用
面带虚伪了，这时候，孤独竟变得高贵起来
没错，我一个人走在低处，却忽然
有了一颗高高在上的心，从此
我恨过的人都留给别人去恨了，我惦记的人
也让别人去惦记吧，我已远离尘土
正和这满目的寂静默念一道赦令
我不做谁的俘虏，谁也不是我的敌人
我健步如飞，像鸟，飞在高处
我无声无息，像死了一样，静穆地活着
活在无人看守的孤独里……

（原载《山花》2016 年第 5 期上）

简　评：

最大的轻蔑，或不屑，便是沉默。

“就当什么都没发生过”，即有什么，肯定已经发生。

作者却没有向上，而是无限地下潜。

他最终发现，这个让人“憎恨”的世界，“孤独”，竟是无人看守的……

（黄　钺）

雨比你更洞悉传奇

阿　翔

用雨比喻冬日的夜晚，不同于
用夜晚比喻雾霾的虚无。
遥远的雷声，如同巨石从山顶

滚动得更快。任何情况下，
雨比你更洞悉世界的寂静，
就凭一道闪电，雨就是

你漆黑的裂缝，人生的孤独
比起全部的理由更充分
集中在它的浸沉里，仿佛

可以共享秘密的契约。偶尔，
声音还没来得及从雨的倒影
拔出来，就迅速在个人处境和

历史的记忆之间扩展，绵密
如你在雨中奔跑几乎失效，
甚至错过只有波浪才能找到的

突破口。仅仅借助一个角度，
它客居在你的身体里，试探你
如何比喻它的重新开始。

同样，你目睹雨的开放性，
不会惊讶于它在夜晚的旋涡中
先于你保持着坚硬的洞悉。

（原载《山花》2016 年第 10 期上）

简　评：

诗句的跨行连缀与三行一节的体式建构，使阿翔的诗歌体现出鲜明的形式追求。自然的雨景与雨的多重隐喻巧妙缝制在一起，撞击出突出的诗意和深峻的诗思。

（张德明）

河曲马场

阿　信

仅仅二十年，那些林间的马，河边的马
雨水中，脊背发光的马；与幼驹一起
在逆光中静静啮食时光的马
三五成群，长鬃垂向暮晚和河风的马
远雷一样从天边滚过的马……
一匹也看不见了
有人说，马在这个时代是彻底没有用了
牧人也不愿再去牧养它们
而我在想：人不需要的，也许
神还需要
在天空，在高高的云端
我看见它们在那里，我可以把它们
一匹匹牵出来

（原载《诗刊》2016 年 10 月号下半月刊）

简　评：

马群曾经像惊雷一样滚过大地。

形容它们的，曾经有一个让人心惊肉跳的词：铁蹄。

秦朝为什么能够统一中国？在“兵马俑”巨大的墓葬坑中，骑兵，像一幕恐怖的话剧，情景依然历历在目。

直至最后的解放战争，马，依然功不可没。

这首诗令人惊叹的是，作者超异的想象之美。最后四行，把“阿信”这名字，也高高地，举上了“云端”。

（黄　钺）

我想通过你的手指到达远方

艾静子

通过你的脉搏你的呼吸
你指引的夜色不一样的黑
顺着你的手指
我在这个五月的夜晚
匆匆出发，我想急着告诉你
季节的丰润，草叶的茂密

趁着夜色，岁月未老
还有急待收割的麦田
需要你的手指你的器具
你采摘世界的方式

那只五月的鸟从这个山梁
叫到那个坡地，白日叫
夜的声息更加清晰
它叫着叫着就将时光叫走

我在匆匆的路上
在你手指的方向

（原载《诗选刊》2016 年第 11 ~ 12 期合刊）

简　评：

这首诗的主角形象模糊。

但作者似乎是有意的。

就像某些抽象画。

我们不妨丢开其他，丢开那些公共的、俗常的，只需用心听听第三段的那只鸟的叫声……

似乎就够了。

（黄　钺）

魔　术

艾　蔻

今夜，翅膀仅用于示爱
欣赏完我的独舞
你的好奇心转移到：脑袋上
亲爱的，我的脑袋
你咬下去吧
咔擦咔嚓，肥美的青草
亲爱的，我不会说疼

空气里有草的味道
亲爱的，这是上帝的圈套
在康巴诺尔草原
你要吃快一些
超过草原生长的速度

（原载《诗选刊》2016 年第 8 期）

简　评：

羊在吃草，草在示爱。爱与死，就这样奇妙地交织在一起，交织成人间难忘的生命奇观。

（张德明）

生命全集

安　琪

越过生命黑暗角落，生命全集
究竟是谁无法弥补灿烂阳光，灿烂消失

原来我的心中装着一只不翔鸟
不愿飞翔的黄昏鸟

是被雨云漂洗过的鸟，雨的鸟
白色床单覆盖下的鸟，白的鸟

已经把语言泼洒，已经走火
已经敲响，未来的钟。

站在风中会哭，生命的不翔鸟
返回昨天会痛，不敢睁眼的鸟

究竟是谁满街行走，漫无目的
手提一页单薄纸片，生命全集。

（原载《青海湖》2016 年 8 月）

简　评：

安琪是视写作为生命的人，从这首诗中可见一斑。

（张德明）

最小的阴影

白鹤林

一只八哥
在广场草坪的阴影里
散步

我们坐在车上晒太阳

一只八哥
和我们没有直接的关系

但它和广场、草坪、阴影有关系
和午后的阳光有关系
并与车保持着间接的关系

它一身的黑，像晴朗午后
一片最小的阴影

（原载《诗歌月刊》2016年第5期）

简　评：

那么的简单，这首诗，也像一块“最小的阴影”。
那么，剩下的，就是对“阴影”一词的解读。
它肯定是贬义词，但经过还原，似乎也是中性词。
再经过诗意的浸泡，我发觉，在这首诗中，它竟变成了褒义词……

（黄　钺）

无数的春天，一个白玛

白　玛

上游的榆木疙瘩烂了根呵，
梦中受损的老虎顺水而下。

日子亮得晃眼，
旧事不被提及，
木匠和远亲执手言欢。
喜鹊错报家门。

如果你遇见我，
就停下来，
让我的小牛犊借用膝盖哭一哭。
就算土坷垃变成罐装的金子。

我怕过多的春天染绿牙齿。
我怕被南风改了口音。
如果你遇见我，
静静地看我在三步以外现出原形。

（原载《扬子江诗刊》2016 年第 3 期）

简　评：

季节再多也是虚像，人儿亲近才是真实。
白玛令人无限怜爱。

（张德明）

雪的洁癖

北　塔

雪的到来没有选择
但她在山顶上留得最久
其次树顶
其次屋顶、车顶
最可贵的是草儿踮起脚尖
用细胳膊托举着她
还有树叶
虽然因为承受不起她的重量
而坠落
但坠落后
仍然用枯瘦的脊背
驮着她
像猪八戒
背着俊媳妇

他们都知道
她一着地，就宁愿陨灭

（原载《绿风》2016 年第 3 期）

简　评：

如同“雪的到来没有选择”，雪的陨灭和消亡也没有选择。诗人将雪花宁愿陨灭也不愿落地理解为“雪的洁癖”，真的是“无理而妙”。

（张德明）

从前我为陌生人写作

北 野

从前我为陌生人写作
以为自己的声音
可以穿透尘埃
像照进天井的光
落在瞎子的油灯上

现在灯灭了
只有地板上盯着我呆看的小狗
匍匐在光中，五体投地
等待我睁开眼睛

究竟有什么想不开的事情让你拼命吸烟
我和你在一起还不够吗
我可是心满意足
水在碗里，骨头在垫子上
要说的话都在你的诗句里

为我写作吧
为你身边的植物和动物写作吧
为那些真正欣赏你喜爱你的生命写作吧
他们爱你的气味、声音、懒散的节奏与温和的天性

真正在乎你的，不是广大无边的陌生人
而是数量有限的几双，瞌睡的眼睛

（原载《诗刊》2016 年 8 月号上半月刊）

简　评：

很浅白，但很令人吃惊。

因为他旗帜鲜明地提出了诗歌写作的指向、题材、意义，你、我，也必定在他的所指之内。

值得思考。

甚至反思。

（黄　钺）

豹

笨　水

我看一片云，是一头豹子
我看一头豹子，是一片云
它们都带电，会吼叫
雨水打在我的额头上，溅起水花
在人间，我与豹为邻
我也有雷霆之怒，也有豹子之心
豹子看云时，我也在看
它走进云雾深处，我也在其中
荒山多，豹子用石子漱口，我在坡上栽下兰草
月色美，我跟着它在月光下，画皮
豹纹鲜艳，好像云霓
杏花落时，豹纹里会开出桃花
只是残雪劝归，豹子，一退再退
退到山中，退至山顶
我退到低处，到退无可退
豹子站在雪山之巅，我低到尘土里
都喜欢，抬头
看星空浩瀚，成群的豹子在天上走动

（原载《扬子江诗刊》2016 年第 5 期）

简　评：

诗歌渲染着仰望星空的生命理想和英雄崇拜的心理情结。我想起一首歌的名字——野百合也有春天。

请注意，“看”是这首诗的关键词。

（张德明）

养　石

笨　水

用水养水仙，养绿萝，用水，养石头
用水养鱼，鱼往大里长，大到渔网将它与水分开，
刀砧把它的头尾分开，我将它的骨肉分开
石头，只往小里长，小成沙，小得像时光，谁也捉不住
莲花向上，出水，等待从天而降的菩萨
石头向下，入泥，到淤泥深处去打坐
捡回来的石头，我都用水养着，并且记得给它们换水
养石，也是养命
养一块矿石，就是用水提炼黄金
养一块能雕罗汉、金刚的石头，就是在养罗汉、金刚，尤其要养怒目的那个
它们中有一块陨石，我把它，当星星养着

（原载《诗歌月刊》2016 年第 10 期）

简　评：

这首诗让人的心“扑扑”乱跳！

我也是爱石的。作者却超越了一般人的爱好，层层深入：从一块矿石里，“找”到了黄金；从一块玉石里，“找”到了神（尤其是那个具有喜怒哀乐的神）；更高人一筹的是，还能从一块烧得铁黑的陨石中，“找”到高悬于头上的原生态的我们都不能缺失的：星星。

（黄　钺）

宰年猪

宾　歌

鸡叫三声，杀猪匠二叔起床
推开门
弦月西悬，寒风倒灌
竹篓里肉钩、剔骨刀、细铁铳棍一应俱全
身上洗不掉的猪屎气
猪闻到就躲
二叔说是匠气
四五条大汉揪耳拽尾
一头莽猪上了板凳
一刀封喉
澡桶里刹毛铲飞舞
梯子上开膛破肚
收拾妥当
坐下来吃早饭
杀猪菜、谷烧酒
扯淡，从一头猪谈起
谈到美国白宫
争得面红耳赤
好像奥巴马就坐在对面
正吃着杀猪菜

（原载《诗选刊》2016 年第 7 期）

简　评：

这首诗的用词生动，动作飞快，仿佛也在“宰年猪”。

但无疑，作者在乎的不是过程，不是那头“猪”，而是奥巴马一般的那个“匠”。

哦，让我把它比作时下正时髦的微电影吧。诗的电影化，效果—形象，跃然纸上！

（黄　钺）

雨　珠

布　衣

我只要把手伸出屋檐，把手张开
它们就会被我捉住；在我的手里
它们已经没有了形状，也没有了色泽
而在青草尖上，或者莲叶里，青绿的菜蔬上面
它们就可以重新形成雨珠，仿佛
有一个召唤把它们聚在了一起
仿佛那些植物有了自己的灵魂

（原载《中国诗歌》2016 年第 8 卷）

简　评：

雨和植物之间的相互作用，形成了雨珠的景观，这是通常的物理现象，诗人却将它上升到“植物有了自己的灵魂”，这是对自然的重新发现。诗意就蕴藏在这崭新的发现中。

（张德明）

一只乌鸦是天空的僧人

曹　东

是的，只有天空才是它的道场
一只乌鸦是天空的僧人
用乌黑之躯
缝补落日的破碎
野地汹涌，人兽迷失
在悬挂的天空面前
向一只乌鸦
行跪拜礼
一具人骨也在黑暗中翻了翻身

（原载《星星》2016 年 2 月上旬刊）

简　评：

诗歌透露着某种禅意。

（张德明）

石　匠

车延高

能从一块石头的沉默，读出
大山的心思
石匠的性子和凿出的基石一样厚实
习惯了被埋在底层
他们手里的铁锤和凿子寻找坚硬
手上茧就是 LOGO
凿出柱墩、基石、门当、石狮和街石
石匠看重的人
会用青石为他凿一块碑
用一座山的重量去刻，像刻一座山
有人要石匠为他凿世上最高的碑
石匠在凿的时候
把这个人视为凿去的部分
石匠忙碌一生，刻了很多碑
却来不及刻自己的墓志铭
他倒下时
铁锤和凿子都累了，靠在墙边
不说话

（原载《扬子江诗刊》2016 年第 1 期）

简　评：

为石匠立传，赋予这类生存方式以某种不能漠视的人生价值。

（张德明）

它仍是一个奇异的词

陈东东

我知道这邪恶的点滴时间
——狄兰·托马斯

它仍是一个奇异的词
竭力置身于更薄的词典
实质所指并没有不同

它小于种子，重于震颤着
碾来的坦克。它冷于
烫手的火焰一夜凝成冰
它的颜色跟遗忘混同

但它还在，没有被删除
夕阳之下，又一片覆盖大地的
广场上，怀念拾穗的人们弯下腰
并非不能够找到它的一些印痕

它从未生长，甚至不发芽
它只愿成为当初喊出的同一个词
它挤破岩壳朝地心坠落
拖曳着所有黑昼与白夜

它不黯淡，也不是一个发亮的词
依然匿藏于更薄的词典
能够被一张纸严密地裹住

它不燃烧，它也不反射
它扭曲铁丝缠绕乌有的光线于自身

而当纸张终被刺破
光线松绑它那锈迹斑斑的铁丝
它仍是一个奇异的词

（原载《诗刊》2016 年 3 月号上半月刊）

简　评：

“时间”，永远是一个奇异的词。

它微不足道，又异常强大。

它无影无踪，又无处不在。

它是我们生命中重要的部分。

感谢诗人，为我们生动描述了“时间”的真实情态，展示了人类生命中异样的景观。

（张德明）

草飞扬

陈光宏

众草起伏。一场柔软的狂飙席卷而来
我看见一片白茫茫的海，翻卷着草木的图腾

我坚信这场大风，是被绝望的芦苇
搅起来的；我确定这场大风
必定会拯救无数颓废的灵魂

草遇上了风，就像水找到了倾泻的出口
风引领着草，草乘势而上。舞伴般的上演一场
声势浩大、系着绳索的沉重舞蹈——

草飞扬。风是它们的翅膀。只有在风中
草才敢忘乎所以、伸展、放纵。只有在浪涛中
泥沙才能跃上潮头，重见天日

几千万只蓬蓬的白鸟飞升而起，却被大地的绳索
纷纷拽下。它们一次次摔落，又一次次腾空
在现实和梦想之间反复激荡。仿佛
要把这片陈旧的山河掀起来，彻底撕烂

草飞扬。只有飞扬，才有打破，才有可能
草飞扬。宁肯在高处粉身碎骨
也不愿在坑洼里沉寂一生

（原载《绿风》2016 年第 4 期）

简　评：

这首诗的场面是宏大的。
体积同样如此。
结尾虽然有些拔高，但也不失为一种发现。
如果，我们也是“草”，肯定的成分，可能还会更大。

（黄　钺）

再　见

陈会玲

“时间过得真快，我又要和你告别”
这是年少的我，在信里常写的一句
如今，我又要写下这一句
我以为这首诗会一直生长
从春天到冬天，至少到秋天
就像果实压弯枝头，秋天所拥有的丰收
一个完美的隐喻，带着臃肿的喜悦
事实上，在初夏就草草结束
午后变得安静。不远处的珠江
游轮驶过。它的波涛，轻轻荡漾
我盯着屏幕的眼睛，没有泪水
身上的补丁，被时光修复
在缓慢的愈合中，我送走了童年
那个悲伤的小姑娘
我再也没有想要到达的地方
所有的远方，都复制了我的故乡

（原载《诗歌月刊》2016 年第 4 期）

简　评：

生命流逝的痛感，常令人心惊，从年少的感觉鲜明，直至成人后的日渐麻木。我们尤其怀念童年，因为那里的一切，都大写着“真实”两个字，那是人生中最宝贵的时光。

自然，这首诗远不只是对童年的忆念。

（张德明）

怀　疑

陈景涛

我怀疑，我的身体里一直有一个
被流放的中年书生
他在夜里乘舟，对着两岸的石壁
一捧月光一捧江水，清洗肉体
白日则骑着马穿州过府，醉酒
最后，他凿沉了船，卖马换得僧衣一件
还替我分担了父亲的一半白发
白日，在我的骨头里为囚
夜里，就在我的血里读经
——我甚至怀疑，我所有的诗
都只是他撕毁草稿，弃之炉火时的
一点点回声

（原载《星星》2016 年 9 月上旬刊）

简　评：

《怀疑》颇具新意。世间原本无事，往往是怀疑作怪。

但诗与“怀疑”，仅隔一层窗户纸。

《怀疑》可当一幅作者的自画像。而因为“怀疑”得深，诗中竟出现了故事性的生动场面，妙哉。

最后一句，一石二鸟。用于诗内的同时，在诗外，也让这篇“小说”，像诗一样，收住了结尾。

（黄　钺）

在草地静坐

陈人杰

整个下午　在草地静坐
风吹来吹去。在一阵风
和另一阵风的间隙里，草叶
晃来晃去

草深得可以遮住我的眼睛
抬起头，看天
我发现，天是从低低的草尖
开始蓝起来的
一直蓝到无穷远

整个下午，天上的金轮
一直在走下坡路
而我的心在草丛中
潜伏，还没有哪一阵风
能把它带走

（原载《中国诗歌》2016 年第 6 卷）

简　评：

“我的心在草丛中潜伏”，所以才发现了草地的无数秘密。

（张德明）

旷野里的飞蛾

陈傻子

旷野里的飞蛾
一直很彷徨
当你看到
它们成群结队
往一个方向飞
你就知道
它们找到了
一盏灯
翻山越岭
哪怕
死在半途

（原载《诗潮》2016 年第 4 期）

简　评：
找到了一盏灯，生活便有了目标，人生就有了方向，前行就有了意义。
（张德明）

夏　季

陈文君

那个夏天，天气炎热，
我从一个城市跑到另一个城市，去找你。
乱纷纷的商店门口，
我们道了再见。
地面湿漉漉的，可我明明记得那天并没下雨。
然后是冬天，然后是春天，
爱情深厚得黑不见底，
让我大吃一惊。
那么长的时间里，我不记得我们是否曾经相爱。
困难的日子已经结束了，
我并非特地想起你，
今天我推开窗，一阵凉风吹进来，
所有的记忆仿佛复活。

（原载《诗歌月刊》2016 年第 3 期）

简　评：

“爱情深厚得黑不见底”，既指“我不记得我们是否曾经相爱”，也包括在某一时间，“所有的记忆仿佛复活”。

夏季是四季的“第二”，爱情，也几乎处于人生的这个点上。这首诗可能并不想表明什么，仅仅是想和“巧合”这个词，擦身而过。

（黄　钺）

礼 物

陈 翔

在我生命中疲乏的时刻
常有偶然的幸福降临
当夜晚穿过墓碑的工厂
来自未来的风，指引我离开

它乍现，仿佛云端的灵感
而我的身体是一杆瘦弱的笔
在不死的天空投往城市的
黑色复写纸上来回移动

我用夜鸟的韵律写下树的隐喻
笔直的秩序之间，建筑的方块
被街灯读着，斑马线的白色短句
分行。水底的月亮：句号

黑暗中，仍有闪烁的事物浮现——
一位水晶般脆弱、洁白的
少女，她胸前的金色项链
如同一段高贵的真理，教我低下头去

电梯上升。灵魂像体重秤上的指针
倏然颤动。我攥紧一道银色闪电：
通往欢愉的临时入口。轻轻旋转
钟表般精密的艺术在我的手中复苏

在室内，有时我也感到天空的悲哀
当我步入书的丛林，伸出双手
没有星辰迎接我。只有
长夜的酒精（这异乡人的安魂曲）

和窗台的风。我坐在飘扬的旋律中
如同飞倦的燕子栖在北方的巢穴
江南，此刻小得像一枚分币
从我的无用的口袋里跌出……

但这已足够。长久以来的
风，教我忍受被剥夺的生活
教我倾听：即使一无所有
那可能的未来，仍在近处

（原载《诗刊》2016 年 11 月号下半月刊）

简　评：

这首诗被题为“礼物”，值得一想。

这首诗有一幕幕的影像，会从某个词中泛滥开去，诗的质感清晰可辨。而与之对比的是，日常生活的俗常与沉闷……

（黄　钺）

游泳往事

陈小三

童年的乡村岁月
我向门前水沟中的一条鱼学习
在村口的小溪里学会了游泳
顺便向溪中凫水的野鸭学习航行
——仰泳，躺在水面漂浮
寂寞的乡村傍晚
一个人去游泳
他可能只是去河里洗澡
光着膀子，背上搭条旧毛巾
暮色四合中传来令人心慌的消息
就像一沉到底的石头，一根稻草
被捞上岸——
有人去投河，在水中挣扎
有人淹死，一个知青（至今我看到这个词
仍是一个膨胀的湿淋淋的词）
多年后，我和一个朋友去游泳
我对他说——
水里很好
但突然会感到没有落脚之地
此刻，我再次记起少年的我
躺在水面向野鸭学习航行时
从脸上飞过的鸟
惊讶于它在空中游泳
现在，人们在游泳池里游泳
在浴缸里想象从自来水管游向大海
但没有一个人学会在空中游泳

（原载《诗歌月刊》2016 年第 11 期）

简　评：

“嘈嘈切切错杂弹”，这首诗的叙述或节奏，竟让我想起了这年代久远的一句。

显然，诗中的某些东西没被看好。

但某些乐曲，又必须这样弹。就像一条蛇的中段，必须这样长。

一首诗的某些形式呢，好像也必须这样写……

（黄　钺）

最后的玫瑰

陈陟云

最后的玫瑰，像即将熄灭的火
光焰的黄金提炼的忧郁
锻在骨子里，是高贵
扑面而来的，是雨中风吹火把的气息
只寻找疼痛的触点，盛开徒劳的美丽

最后的玫瑰，锋利的是花瓣
不是刺。虚空中伸出湿润的手指
瞬间被划破
流淌出来的血，也是玫瑰的颜色
冷艳，而不再炽热

最后的玫瑰，悬挂于来生的拐道上
点燃，它是灯
熄灭，它是灰烬

（原载《南方都市报》2016 年 1 月 13 日）

简　评：

对世界和人生的重新发现和新颖阐释是好诗的必备素质。当诗人说出“最后的玫瑰，锋利的是花瓣/不是刺”时，我们不觉眼前一亮，某种抓掘人心的力量从诗中奔蹿而出，使我们的心湖荡起层层涟漪。

（张德明）

一群自杀的鱼

陈　灼

它们死了，好像
它们约好了，突然死

它们的死因有多种说法
最最惶恐的一种，就是
它们约好了，一起自杀
一起从庸常中
厕身出来

（原载《山花》2016 年第 3 期上）

简　评：

“约好了”自杀，鱼选择与庸常生活果断道别。这种“说法”，显然不合逻辑，又无疑最有诗意。

（张德明）

兄长留在尘世的一顶帽子

程东斌

一九九八年的夏天，酷暑难当。刚来上海三天的兄长
死了，死在一个黄昏，死在
一辆白色面包车强烈的撞击。他用死亡
换来了五万块钱
这是他生前从未见过的大笔钱财
他也用死亡换来了一种责任，十分之六的事故责任

一九九八年的夏天，也是最冷的夏天
前去认尸的我在抽开冰柜的抽屉时，扑面而来的
寒气，冻得我至今还瑟瑟发抖
事后，我捧着兄长的骨灰回到家乡
回来的还有兄长留在事故现场的一顶帽子

帽子挂在老屋的墙壁上，一年后，有一个男人
将它戴在头上
这个男人，侄儿侄女喊他爸爸，我喊他大哥
我的父母喊他儿子，大嫂喊他老公
所有的称呼都指着帽子下的一个男人
除了大嫂之外，我听见每一个人的语调
都绵软软的，毫无底气
像是反复辨认着一个久居他乡
如今突然回来的故人
一顶帽子，跟着太阳和月亮在旋转，一片沉重的石磨
堵住我家的漏洞，旋涡还在
旋涡之上的那顶帽子，需要我一家人
用一生的眼光和泪水，将它辨认，将它托起

（原载《绿风》2016 年第 4 期）

简　评：

人生在世，总有这样或那样的悲哀。

一个人死了，其他人，还得活着。还得，尽量把那个窟窿，补好。

这首诗得用点儿耐心去读，也得用点儿人情世故去感受。最后那几行，如果你还有眼泪，就不妨，落吧。

（黄　钺）

今秋无事

程　维

秋天，万物都在减肥
裸露赤条条的躯干和光洁的岩石
枯水里，一群鱼挣脱了污泥？回到人民手中
一只鸟在飞翔中，羽毛被风暂时借走
它没法跳伞，如何能投身组织怀抱
一头虎，向秋天供出了老巢
它可怜的同伴啊，怎么藏身
一个巫师挥霍了所有灵气
像个剥光衣服的老妓女，干瘪的乳房
如泄气的皮球，把她出卖在自家的门口
谁还藏着掖着
谁不惧怕秋斩，从沙井到刘家村
树叶追着树叶奔跑，往东去了
它们要去围观：看一个胡子长长的老家伙
将一把寒光闪闪的大刀舞动，发出哀鸣

而我要回归山房，添衣，饮茶，贴秋膘
然后写下：今秋无事

（原载《诗歌月刊》2016 年第 9 期）

简　评：

秋天无疑发生了很多事情，诗人却在最后写下“今秋无事”，看惯风云变幻已然波澜不惊的成熟心态，昭然若揭。

（张德明）

蝙　蝠

窗　户

你终于在这个傍晚再次飞进我的世界
我该如何迎接你？就像迎接
越来越坚硬、越来越空阔的内心

那飞旋于狭小的楼房间的黑色翅膀
比黑夜更黑。比亮光更亮
它究竟因为绝望还是因为孤独？

生命——怎么可以
和这些神秘的事物如此接近
它们那么古老，那么遥远，那么冰冷

就像被我们遗忘的岁月，火与神明
它们在我们的周围从未消失
甚至在我们死后

（原载《中国诗歌》2016 年第 4 卷）

简　评：

有些神秘的事物，只能用诗歌将它讲述。

（张德明）

蜗　牛

春暖水

一只蜗牛，让好动的童年慢了下来
让赶路的阳光安静了下来
那年，外公外婆从土砖房出去干活时
我见到了一只最小、最缓慢的牛
在大地上耕作
身后留下两条小小的耙痕
那年，我也见到了
最不动声色的伤心——
在那片无比熟悉的土地上
有两行清泪，正悄悄地，缓缓地滑过

（原载《星星》2016 年 12 月上旬刊）

简　评：

写蜗牛的诗无法计数，但大多只停留在其“房子”与慢上。这首诗却意外地让我们看到了两行清泪……

（黄　钺）

拍照小记

从　容

去五运清真寺的路上
我拍下一群羊在山坡上
专心致志地吃草
拍下路边野山楂树小粒的红果子
拍下大片的玉米地和低头的向日葵
拍下扛着一大捆黑色树枝的白帽老汉
拍下公路旁两只花斑牛在亲昵地蹭脸
拍下蟠桃园巨大的冬瓜和远处的天池
它们让我的悲伤显得渺小

而同行的姑娘拍下古寺里的背影
白色长裙与头巾在祈祷中发光
拍下阿訇在墙面的红纸上写着：
从连庆一百元尼也提
从连文一百元尼也提
但没有拍下
他用阿拉伯语对我说：赛两目

（原载《西部》2016 年第 11 期）

简　评：
我欣赏诗中流淌的宗教信念与人文关怀。

（张德明）

承 德

大 解

火车连夜开进燕山，到达承德时差点累死。
承德在月亮下面，月亮亚细亚上空，亚细亚，
太老了，年轻的人们很少提起。

各路神仙都已下车，火车啊，回去吧。
回去治治你的病。

承德的朋友都在笑，他们来接我。
月亮啊，你也回去吧，现在已是黎明。

月亮这家伙，跟了我一路，也许它知道，
我要在此开三天会，和群山商量永恒的事情。

（原载《诗选刊》2016 年第 8 期）

简 评：

《承德》不写承德，或不写承德的风土人情。

作者大大咧咧，写：“火车啊，回去吧。/回去治治你的病。”

作者大大咧咧，写：“月亮啊，你也回去吧，现在已是黎明。”

并且，“月亮这家伙，跟了我一路”。

而作者要到承德干啥？“要在此开三天会，和群山商量永恒的事情”。

作者疯了？有点儿。人当然没事，但想象“疯”了。作者开的应该是“诗歌研讨会”吧，却“疯”到抬出了“群山”“永恒”这些大词。

可谓：空前绝后。

（黄 钺）

两次烫伤

大　友

迄今为止
我的手被烫伤两次
一次是在殡仪馆
接过刚刚出炉的
姑父的
骨灰
另一次
从雪地里
抱起
裹着薄薄襁褓的
弃婴

（原载《诗潮》2016 年第 12 期）

简　评：

两次“烫伤”，分别起因于一死一生。生命的两个极点，都令人肝肠寸断。

（张德明）

天 井

代 薇

因花结屋
驻日月于壶中
指尖绕琴的时候
屋檐水像珠子一串一串落下来

青瓦苍苔，枯寂清幽
雕梁上筋疲力尽的誓鸟，为未竟之渡羽化
而挫败感，是廊柱背后的美学
伤于光阴墙角一株宋梅的骨折

（原载《诗刊》2016 年 12 月号下半月刊）

简 评：

故居里存留着日月沧桑。岁月在飞一般疾逝，空间却仿佛被遗忘在时间之外。代薇写出了时间与空间、历史与现实之间的不对称感。

（张德明）

致某某

淡若春天

亲爱的，我说：所有的爱与恨，追逐与终止
都是为了找到自己
那些被月光吃掉的部分，那些来不及吞咽的狗尾
那些被人们称为博大，却看不见的白，它们长出星星了吗？
我们是勤劳的鼹鼠夫妻
相信自然主义的一切活法
每天都要把盖在身上的泥土掀开
代表自己是干净的
每天都看着敏感而细微的根部在大地蔓延
秋天密实而绵长
然而我们总是两手空空
果实像一个个硕大的谎言
像月亮，空有的身体

（原载《星星》2016 年 6 月上旬刊）

简　评：

“果实像一个个硕大的谎言，像月亮”，只此一句，就足以让我们吃不消。而“某某”是谁？
肯定在我们之间……

（黄　钺）

中年之诗

灯　灯

害怕深夜接到电话
害怕深夜接不到电话
害怕清晨醒来
你的手
已离开我的手
害怕生铁轻盈，在天上飞
害怕云朵沉重，在水里沉
害怕仇人敲门
要祝福我
害怕亲人在天边
要呵斥我
害怕琴声远走他乡
寻找它的琴
琴声里的孩子们，赤脚，穿旧衣服
他们拉我的衣角，向我乞讨，叫我阿姨
害怕披头散发的老人
拄拐杖，端瓷碗
暮色中
喊我闺女
害怕欠下的债已还清
害怕欠下的债
永还不清
害怕不知悲从何来
害怕知道
悲，从那里来——

（原载《星星》2016 年 6 月上旬刊）

简　评：

文字是简单的，意思也是简单的。

但作者，运用了女性的细腻天赋，让这些字，这些感情，一环套上一环。之后，它们就成了一条铁链。

（黄　钺）

关于桃花

邓晓燕

盛开时，谁知道它
火烧的样子。满坡地喊
十来天的命。它要抓紧谁
谁能承载？它自焚的火焰
烧到谁的空白？
春怜悯它。给它血、肉
也给它唾弃
这世界的短命鬼。贫穷。虚空之梦
深冬，这黑色的小骨头
拱出枝丫之外
站在山冈上。作为与大雪
对质的配物
现在满坡的花影。在开
我真的看不见它的骨头
它开得太专注了
把血开出来还有退路吗？
把心吐出来还能回去吗？
生命里的每一件事情都不是
自己所为。它自有安排
成功是别人的事
就像我和他。无心的花朵
却开出有心的街道
难道桃花它自有主张？
凋落是自己的
花朵是春的面具

（原载《诗选刊》2016 年第 10 期）

简　评：

诗中一个问句接着一个问句，构成了诗人对外在世界和内在自我的双重盘诘。叹花与叹己，在诗中构成密切的互文关系。

（张德明）

雨不是雨

丁　鹏

冰冷的雨不是雨。雨是沸腾的
弥漫的蒸汽烫伤等待的人
滚烫的大雨煎熬孤独的人

缠绵的雨不是雨。雨是残忍的
狂风是有力的手握紧鞭子
暴雨如注是你我躲不过的鞭刑

坠落的雨不是雨。雨是向上的
是江河湖海对天空的占领
是无效而无休无止的占领

物质的雨不是雨。雨是悲伤的
表情。我们在大地上行走
是难掩的涕泗横流的眼泪

（原载《诗刊》2016 年 2 月号下半月刊）

简　评：

雨有各种情态，人生有不同状况。看得到的容易说出，看不到的需要你用心体察。感谢 90 后诗人，把难以轻易觉察到的人生真相曝光在我们面前。

（张德明）

父 亲

丁 薇

我本不愿意，
让他住进我的诗里。
因为茫茫人海，
他不过是最不起眼的，
那一个男人。
帅气是谈不上的：
花白胡子，矮个头。
能力也是说不上来的：
他一生的家当只不过是：
母亲，五姐妹和三间泥巴房。
他的春夏秋冬，
就是挂在嘴边的黑天白日和生计。
当然，平凡的他也不是没有半点可写之处，
至少他把坚毅、乐观像血液一样输送给了我。
至少他半生的酸甜苦辣，
像春风细雨一样灌溉着我。
至少他的肩膀，
扛起了全家老小，还有他们的喜怒哀乐。

（原载《诗选刊》2016 年第 7 期）

简 评：

欲扬先抑，欲褒先贬，褒贬互衬，平凡而伟大的父亲形象，由此赫然出现在我们面前。学会理解父辈是儿女辈必修的功课，诗歌让 90 后更快地成长。

（张德明）

黄昏的草场

丁　燕

即便与你道别，擦肩而过
我依旧记得那种种缠绵
记得分手时的瞬间，像黄昏的草场
——华光消失，草茎黏稠
空气闷得发甜。马儿们，一个个
融化在巧克力的汁液间
你慢慢走远，留下我像女犯
痛苦不堪。和你相遇
如冰川融化，松林坍塌
我们的宇宙，围着我们旋转
我们的黄昏和草场，将我们扔在我们
命运的荒野：让我们低吟，让我们闪光
大地棕黑，葡萄泛紫
湖水辽阔，草滩上白羊点点
而在那时，你要与我道别；而在那时
你要与我擦肩而过……
尽管我常常被夕阳所骗
但我依旧深爱着它：永远、永远……

（原载《山花》2016 年第 2 期上）

简　评：

这是一首分手之诗。情感的幻觉把他们推上过顶峰，又推下了谷底。

我宁愿相信诗中的“我”即作者，作者即诗人，那些人生的美好与失意，才有机会成为优美的文字，并呈现在我们面前……

（黄　钺）

致北京

东　君

太阳上升的时辰
一些人沉入地底
今天的我
已非昨日的人

一朵孤零零的云
被手提箱带走了
我说再见的时候
手留在门把手上

每朵云都是故人
每条河流带走的
都是我们曾以为
无法带走的东西

四只鸟带走了
我的四个方向

（原载《山花》2016 年第 8 期上）

简　评：

该诗妙就妙在结尾句，“四只鸟带走了/我的四个方向”。联系诗题，我们能读出诗人心中的某种挫败感和沧桑感。

（张德明）

一位瓦全者的母亲

东　篱

“九·一八”事变后
时任辽宁省政府主席的臧某
作了日军的俘虏
母亲担心儿子当汉奸
在营救绝无可能之际
毅然决定让其为国尽忠
那天，母亲梳洗打扮后
去给儿子送饭
当饭碗略有些颤抖地穿过铁栅栏时
母亲深深地望了望儿子
臧某吃罢母亲送来的饭
把碗底翻过来
不由得浑身战栗起来
“这不是送饭，是送行!”
他战栗着
低着头将险些滑落的饭碗
原封不动递给了母亲
“分明是冰凉的秤砣!”
臧某终究当了汉奸
那天，母亲把大烟膏从碗底抠出来
吞下去
然后换上一件旧而干净的素花旗袍
挽了挽发髻
在平静地躺在床上之前
轻轻合上窗帘

（原载《中国诗歌》2016 年第 6 卷）

简　评：

诗中，有一个人“玉碎”了，最终成为汉奸。有一个人却瓦全了，即汉奸的母亲。

故事已颇为久远，但意义还在。

诗中有几个词是晃眼的：大烟膏、素花旗袍、发髻，这几个词代表的不仅仅是邪恶与美，也代表着一个充满迷惘与抗争的年代……我们，还不应该忘记。

（黄　钺）

诗意之一种

独　化

家住廉租房
大人们
卧病在床
孩子们
奖状满墙

（原载《诗潮》2016年第3期）

简　评：

这首诗“好短哦”。
估计每个人都会这么说。
这首诗“好容易理解哦”。
估计大多数人也会这样说。
而从题目给出的“规定”看，这首诗的色彩是喜剧。
但无人时，我把这首小诗翻了过来：顿时令我落泪。

（黄　钺）

致星空

杜　涯

经年，星空的高悬是时间的沧海
也是季节的座钟。年年月月
它在树梢上，在屋顶上，在旷野的上方
沉默、静寂、闪耀，在童年
它曾塑造我心灵的边界，用它的辽阔、浩瀚
它曾一次次带我离开：从地上，从孤独中，从庸常
当我成长，我看到星空的光芒、从容、庄严
它笼罩、庇护、指引，我记起：我曾抵达崇高

在头顶的无声里，星空的沉静总是亘古
少年时光，青春岁月，我在地上优游
它在那里看我，看我逗留
看我痴，看我留恋，看我幽暗
在晨昏落英里我想起它，曾暗转青茫
在我仰望它的时候
繁花已零落成缤纷，长河流泻
千代的云烟在身后飘散成寂寥

我曾在童年的夏夜仰望满天群星
当我年少，我曾无数次站在村边或路上
遥望那远天星光。在那里，在那星光闪烁的地方
我看到了那召唤，那来时路，永恒的存在之光
当我在青春的人世间漂泊，黯淡于生存之凉
我从未忘记那天边的星光
我曾想：我将在人世间阅尽沧海
而你是我的守护、光辉、神圣的恒在

有时我在大地上坐下来，有时我站在河边
或者当我站在旷野上，人世的春秋在风雨里代谢
那至爱者从天空中垂下慈爱的眼睛
问我这飘零者在人世是否安好？
而在远处，天空总是在辽阔里隐现光亮
星光也总是在那里的夜空中闪烁
我看到：银蓝星，那理想之星，引领之星
我这独行者又怎能停下在大地上的孤独行走？

生命如风，如蓬如晦。而我是这样青粹、透明如精神
在过往的年月里我曾想：我将归向何处？
我曾经想：你在哪里啊，哪里是你的路途、方向？
一年年在人世耽留，我在衰老，在衰弱
落日西沉，彩云已归，天幕寥廓
是否我再也回不去，是否一切一切都已晚？
但在夜晚，星空却在头顶闪烁
它缓慢转动，使我相信：那里定有辽阔的归程

我曾在星空下独坐，寻求安慰：当我
感受并明了物质的崩解、消散、黑暗
在广深里我看到了那光明的启示：
星云相互寻找、温暖、簇拥，恒星诞生
我曾在许多年月里仰望夜空，寻找那命运之星
在北方的夜晚，我总是在星空下驻足、流连
并曾经想：你啊，你可知道我在人世的飘荡、苍凉
为何还没有一条归途，一个可向着永恒至粹的方向？

而星空依旧在头顶高悬，万年的无声里仿佛有
耐心的等待。我知道在它的天心青茫的深处
有一双慈祥的眼睛，有一座光明的城
当我抬头看到星空的浩瀚、深邃、温暖
我知道：漫漫的回去永远不晚
现在，且让我在星空下暂作耽留、优游、怅望
然后再次转向那天边的星光，我知道：除了我在
星空下的漫漫的赶路，没有什么能使我到达那彼在永恒

（原载《扬子江诗刊》2016年第2期）

简　评：

屈原有《天问》，郭小川有《望星空》，杜涯又交出《致星空》，都是仰望苍穹而叩问生命，思考人生。诗歌致密而冗长的语言排列，让人读来有窒息之感。

（张德明）

我一定是死了

段若兮

我一定是死去很久的女人
带着明艳的肉体和眼眶中的蓝湖水
像一张过期的船票
周围是和我一样死去的男人和女人
他们是我在人世间隐秘的情人
我总是想用我甜的血吻伤他们

我应该是缓慢死去的吧
像一座雕梁画栋的房子
被拆去梁柱　轩窗　墙角栀子花的潮湿香气
被腾空珠宝　案几　帘下的薄月光
被取走情书　衣裳　爱意和痛觉

每天穿着发皱的灰袍子
走过地铁站　公园　食品超市
黄昏时常常路过自己的墓碑
会坐下来　听血流温柔的滴答声
抬头看人间的云
看见为我守墓的那个人
总是扶着茶杯打盹

（原载《星星》2016 年 7 月上旬刊）

简　评：

“我一定是死了”，表明：未死。

“我应该是缓慢死去的吧”，表明：温水正煮着青蛙。

最后一段，更具魔幻成分。但也不过是一种障眼法，大家不用怕。我告诉大家一个秘密吧，最后的那个“守墓人”，其实只不过是作者自己。这个坏蛋日子过得安逸，扶着茶杯，在办公室，一不小心，又走神了。

（黄　钺）

感官之爱

朵　渔

你们的关系应当这样来定义：
临时性的，一种可自由拆解的
肉体装置
毕竟，你们的荒淫
比起帝国的堕落来
还是要纯洁一些。
比如，当你触摸她的臀部，感觉
就像在触摸一盆水的表面波纹
一旦轻触变成迟缓的插入
她的臀部便会涌起一片海，脸上
也有了一种被征服的气质
掩盖了多少虚情和假意。
你喜欢她，是因为她正是
你所喜欢的样子
我是说，她所装扮出的样子
你喜欢她不需要太多真实
因为真实总是千篇一律
一点也不吸引人。
你们花了一天的时间彼此爱上对方
却注定要花更多的时间来相互仇恨。

（原载《山花》2016 年第 10 期上）

简　评：

“爱情”被简化或被脱去外套后，往往只剩下肉体。

诗歌应怎样去表述这一类题材？真实不是诗的第一要素，但有些人类最现实的问题，也不应一刀切地回避。

这首诗能让大众接受的成分是多少？在谴责的同时，也在表现丑恶吗？

作者是睿智的。在惊险度与安全度之间，他好像摇晃晃地，最终穿了过去。

（黄　钺）

绿皮火车

樊　子

绿皮火车在榛莽未除的山坡上发出咔嚓咔嚓的摩擦声
枕木最早铺在藏有星光的山洞里
时间慢慢蠕动
如夜鸟惺惺地叫着
它的喧闹，它的地平线，它拉风的胃
它把臃肿和肝病涂上颜色，像
羊吃完最后一株青草时嘴角的绿色唾液
它没有盐分
它是一条失去冬眠习惯的蟒蛇
它是一个手握烂苹果和麦芽糖的起义者
它还不懂得转过身子来
我在它相反的时间里铺着枕木，从老年
铺到少年
它一生都在听我的肋骨和颧骨从不间断的塌陷声

（原载《星星》2016 年 1 月上旬刊）

简　评：

绿皮火车构成了难忘的生命记忆，诗人书写绿皮火车，实质上是在以一种独特的方式，反刍曾走过的人生。

（张德明）

钱塘江秋夜

飞　廉

深夜，风微寒，草虫乱鸣，
晚潮过，江水深静，铺着一大篇西汉文章

江边的小洲，停泊几只小船，淡而孤绝，
对岸，鱼鳞似的灯火……

十九年，快似挥刀斫怒雷，
十九年，薇蕨老而苦涩，在南方，我穿坏了

几双鞋……露水湿木星，江底螺蛳吞大象，
江水帮我安度危险的中年。

（原载《诗歌月刊》2016 年第 7 期）

简　评：

这首诗如果可以分成两部分，前半部分古典而幽美，后半部分却如一把“飞廉”，我几近失控。

被斫的“怒雷”，老而苦涩的“薇蕨”，来历不明的“木星”，把大象吞下的“螺蛳”，以及能让人安度中年的“江水”。每个意象都诡异莫测，巫风扑面。

这是得还是失？

诗是想象的艺术，而夜色常常助人疯想。中年的失意与丰富的经验，还会让被想之事，事半功倍。哦，如此一想，难怪钱塘江畔还有不可解的“钱塘江大潮”……

（黄　钺）

短　歌

冯　娜

披上一件沙砾的外衣，人们出海去看海豚
我更喜欢他们回到餐厅时带回的比喻：
"白色的肚皮，像悉尼歌剧院的弧形穹顶
跃出水面时，驮起整面深青色的大洋"
一群接一群，绕着船跳舞
还有叫声，像婴儿没有饮过盐水
"你要是走上甲板，戴着你的珍珠项链
它们会以为你也是海里的美人"

（原载《扬子江诗刊》2016 年第 4 期）

简　评：

两个戏剧性独白的加入，让诗歌的情景化氛围格外凸显。生活在这里现出了原貌，说出的和没说出的都在此交汇，他人的话语也与自我的心声互相应和。

（张德明）

菊　花

符昆光

夜半，听到窗外一声清脆的响声
很轻
轻得只能凭感觉才能听到

天亮了，走在田园上
一朵黄色的菊花向我微笑
莫非昨夜的响声是菊花盛开的声音

沉思着，阳光会在上面栖息片刻
带上菊花的梦
展翅飞向我无法企及的地方

（原载《作品》2016 年第 7 期）

简　评：

“菊花盛开的声音”，“菊花的梦”，这些都很美，给人以丰富的联想，将引领人走向美好的远方。

（张德明）

春风破

傅荣生

被时光层层包裹的
那些话题
滴不进雨水
也灌不进春风

在溪边
蚯蚓祖居的潮汛里
一枚旧年的坚果
已经破壳
它隐匿的细节
要经历一场花开

（原载《诗选刊》2016 年第 11～12 期合刊）

简 评：

把“春风”和“破”组合在一起，需要多大的胆子？
或本事？
“一枚旧年的坚果”，竟轻易地，做到了。

（黄 钺）

唤　鱼

高春林

星空跃入水的邀请。游吧，
在唤起的波浪里，披上粼光。
自由如少年，呼吸竹箫。
自由在，时间展开它的天空。
我遐想了一会儿，因畅游的美，
暗合了声音的弧度——
一种圣歌，干净的嗓音。
唤与被唤像一个相倾的犄角。
真的是这样，每一个人
都应该拥有一个声音的犄角，
而不是做米沃什的“鱼”——
“渴望变成跟鱼一样的生命”。
唤吧，天籁之下奔忙的鱼群，
我坐在唤鱼池边像个有记忆的
人，和你，还和众树说话。
在这里，水清澈到我是我的一面镜子。

（原载《诗刊》2016 年 8 月号上半月刊）

简　评：

呼唤自由，是人类内在的心声。

（张德明）

桃 林

高 梁

青龙深处峡谷，寂寞如同原始森林的落叶
越积越厚，从堆积着卵石的无水河床，一直
铺展到群山顶

这是熟悉的山景：它的舒缓、陡峭
凸起和凹陷，都由石头完成。在石头中
掏出土来，简直是痴人说梦
我看到过艰苦卓绝的努力
在石头中找水。石头和石头，只有沉默还不够
它们还需要孤独。这就造成了千差万别：有的
只有手指肚大，有的成千上万吨。虽然是春天
但石头带来了荒凉

往左是石头，往右还是石头
这是熟悉的山景，却是陌生之地。有一条路
甚至多条，通往山顶，但我还没有办法找到
我想到巨石环抱的山坳，那里桃花如雪。但突不破
巨石的苍老。密集的桃林，我想是有人栽种
但更像无主的野树

在山下闻不到香气，只看见一左一右两块石头
互相依靠，形成的拱门。天然的拱门后面
是满山坳的，繁盛的孤独

（原载《诗选刊》2016 年第 4 期）

简 评：

如果，能把这诗转换成一幅中国画，必定大气沉实，又野性香艳。

文字是纯朴的，风格是写实的，这就需要作者懂得选择：哪处可以入诗？哪处应一笔带过？

如何留白，如何以最大面积的拙，反衬出最小却是“满山坳”的活……

（黄 钺）

村　灯

高旭旺

我母亲的心事
或叫心病。父亲
最知道，就是
不向外人说。像旧宅
和瓦当上的微光
在村子上下，左右
闪闪，烁烁

风，进村了
我的院子空了
父亲，再三催母亲
早点离开，这座
古老而四面盛开山花的
院子。躲一躲，感冒
或许，咳嗽
和多年的哮喘都会好一些

母亲，有她做人的方式
她拿起，靠在土墙根上的
奶奶编织的旧扫把
走进空院子。轻轻地
上下，左右。重新
又扫了一遍

母亲，空院子晃动的影子
弯弯的，灰灰的
就是村子上的一盏灯
走得再远。灯的生长
使村后的玉米拔节
小麦灌浆。和
一畦畦油菜开花

灯，是村子上的新娘
在路上。顶着风
听到了，唢呐的声响

（原载《诗选刊》2016 年第 10 期）

简　评：

把母亲喻灯，颇为新鲜。

题材是旧的，角度是新的，语言是乡土的，思想性不重，但也没轻飘飘。

难怪，我的母亲不在了，这么多年，我内心的某一角，总昏暗一片。

（黄　钺）

碎

高　源

叶子是碎掉的成熟的树
星星是碎掉的宇宙的亲笔书信
雪是碎掉的天空幼年的相册
沙子是碎掉的深海鱼的戒指
风是碎掉的
头盖骨捂住的妄想

那么我呢，我是碎掉的什么
你闷闷地抽烟不说话。烟
烟是碎掉的胡渣

一个美
可以拆分成无数个美
我们真幸运
能被破碎和绝望包围

（原载《星星》2016 年 9 月上旬刊）

简　评：

人生的百千滋味，怎一个“碎”字了得？

窥望生命，诗人选择“碎”为镜面，可谓找到了一个非常诡异又极其独到的切口。

在“碎”的侦探下，世间万象从此有了新的说法。

（张德明）

在洋县龙亭镇谒蔡伦墓祠

龚学敏

一张自缢过的纸坐在油菜花的田埊上。叙述在折腰，
我描绘过的朱鹮是无处安身的汉字。

被汉水的刀切碎的太阳，把花儿，
搁置在已经魏碑了的春天。汉字们在想象中飞翔，
还有正楷的唐，瘦窗上掠过的宋鸟。
我手中的油菜，无须芬芳，
足以荡漾一张不问出处的纸的背面，那么多，
给历史拴过马的名字。
纸无言，
是所有字的王。

在洋县。纸张是草木悄悄成熟的一条栈道。
老秦腔誊写成的纸张。
女人油菜花胭脂的雾水打过的纸张。
男人早起明修，用暮色的暧昧暗渡过的纸张。
日子一页页地，摞在一起，驮在马背上，
被风一吹，
成了时光。

一张姓蔡的纸是一只叫作朱鹮的鸟前世的影子，
像一枚透明的字，印在汉语偌大的这张纸上。
经度：洋县。
纬度：东汉。
我的腰一弯，就成了一粒鸟食抛向空中的补丁，被风，
牢牢地缝在汉中的口音里。

（原载《绿风》2016 年第 1 期）

简　评：

龚学敏有时空穿越的内功，也擅长嫁接术。

这首诗中，诗人在历史与当下之间来回穿梭，在文化空间和现实地理之间频繁转换与巧妙嫁接，从而对古代的发明加以活色生香的诗性阐发和现代性观照，在传统的文化流脉中添加上个人的思想元素。

（张德明）

驻颜术

谷　禾

……我以衰老为灵魂缓慢地归乡

而你要让容颜永驻
不要从前
也不要以后
像这个浩渺星球上的最后一个孤单的孩子

独自走过落日下的山河

（原载《星星》2016 年 2 月上旬刊）

简　评：

牢牢抓住当下，永远活在现在时，你就将驻颜有术。

（张德明）

假设比想象来得真实

顾　北

一头驴走在大街上
戴着顾北的帽子
穿他的皮鞋
向每一个沐浴在温暖阳光下的
朋友打着龇牙咧嘴的
招呼
啊，顾北！

这是二十一世纪最无与伦比的
想象，却比假设
迟来了一步

假设是
顾北就是一头驴
此刻他走在大街上
他没有向朋友们打招呼
因为，他觉得
他们都不真实
虚伪得就像
有人说的
顾北就是那头驴！

（原载《作品》2016 年第 6 期）

简　评：

诗人以自己（严格地说，是笔名）为揶揄对象，在假设和想象的角力下进行有趣的调侃和风趣的戏说，无理中显出某些道理来。

（张德明）

白杨河峡谷

郭志凌

大桥下面的水，还在淌
只是不像河流，像泪痕
胡杨的绿衣衫、黄衣衫丢了
索性就借了件晚霞，披在身上

经年的坍塌让河岸陡了不少
褶皱的重复，让我们不由自主
发出由衷的惊叹
不是惊叹岁月老了，而是惊叹岁月的
鬼斧神工，把我们心仪的峡谷
镶嵌在风景之上

离峡谷这么近
都能听到她局促的呼吸
历史其实并不遥远
仿佛一出手，精彩的片段
就能信手拈来——

（原载《绿风》2016 年第 2 期）

简　评：

十年之前，在宁夏参加“青春诗会”，路过泾河时，我问身边的单永珍：“这是泾河？”

回答：“是。”

可是眼前的泾河，“像泪痕”。

一条季节性河流，就这样，深深地留在一个水源充沛的南方人的记忆里。而“白杨河”和那条相连的峡谷在哪儿？诗中没有透露丁点儿的讯息，这首诗也在不该完的时候，完了……

（黄　钺）

麦芒是个好人

海　媚

作为儿童，我在新疆的麦芒上
跳过双眼皮的舞蹈
麦芒是个好人
他绯红色的唇印
印在我的眉心和脸蛋上，我在这找过妈妈

穿花背心的阿姨，把乌黑的长发
垂在麦子上，那时候
我的眼睫毛很有名
我迷路，一下、两下地眨动着眼睛
仙女汗水蒸腾地
牵着我

田埂上还有青草和向日葵
还有黏稠的汁液
蚂蚁们穿过蜻蜓的腹
来到瓜子上
我没有麦子高
只能看到低于麦子的事

（原载《汉诗》2016 年第 1 期）

简　评：

这首诗采用的儿童视角是一大亮点。用儿童的眼睛去观察世界，世界便多了一份神奇和美丽。

（张德明）

灰尘和水我爱哪一个

海　男

你们别担心，灰尘和水我都无法舍去
在行走了千万步以后
我会停下来吹风，在山冈上与一位挖红薯的
妇女聊天，我看着她指甲缝里的泥巴
它同灰是两种性质。就像我爱老人的皱纹
也会爱花冠。我爱上水同样也会爱上灰
因为在消磨我光阴的时间里
我学会了闭嘴，在秘密中战胜自己
但别碰痛我的柔软处
它在水里挣扎，寻找着我们净身的黎明

（原载《诗刊》2016 年 1 月号上半月刊）

简　评：

灰尘与水，两种迥异的事物，两种不同的人生形态，诗人在其中难以取舍，如同在理想与现实之间永远踯躅一样。

（张德明）

我的虚无日子

海　烟

和去年一模一样
每天带着一脸的悲伤醒来
时间的镜子，不经意就把我
变成一种古代的表情

生活的死水
静得就像一切都未发生
只有一些词，还在高烧的记忆中
泛着微澜
这是一种多么寂寞的流逝啊

我是一个活在阴影里的人
一个有着无数敌人的人
我与一些屈辱、灰尘、坏名声狭路相逢
它们像钉子钉在墙上
像雀斑活在脸上

在我伟大的虚无的日子里
要从身体长出野草，把软肋变成石头
我甚至不能说出一个准确的词
来形容爱情和毒药
我终于把忍耐变为了真理，并深陷其中

（原载《绿风》2016年第4期）

简　评：

无数人都会有着“伟大的”虚无日子，海烟好像是个难得一见的美女，居然也不例外。

每个人估计也会有屈辱、灰尘、坏名声，有雀斑的应该也不在少数。而想想吧，你以为你能分出爱情与毒药，哪个半斤哪个八两吗？

人的忍耐当然都是有限的，鲁迅偏偏又早已说过：“不在沉默中爆发，就在沉默中灭亡……”

（黄　钺）

不惑之年

韩宗宝

在凌晨三点半　陷入失眠的那个人
是不是也听到了这落雪　它多么平静
雪在倾诉什么　它自身的白把黑暗
逼退三尺　寒冷和温暖总是此消彼长
曾经有十年　我麻木迷失于过去
窗外的雪越来越厚　心事越来越薄
如薄凉的人世　我多次检省自身
平庸无奇　乏善可陈　你当年的离去
应该是恰当的　在写作和生活中
我是个无事生非的失败者　没有什么
再值得呕心沥血　我在缓慢中慢慢
超越缓慢　像那些雪不断地忍受寒冷
它们是否带有某些　隐喻的风格
白色的它们和黑夜和冰凉的大地间
有着多少默契　而你的生活与我
平行　无法吻合　只有同样的黑夜
和失眠　雪已经让土地更加平展
让消瘦的河山　有了一些丰满
我独自一人　在这样的夜里笨拙地
回忆过去　处理自己的沮丧和爱
在不惑之年　如何做一个不惑之人
像窗外的春雪那样安顿自己　给自己
一个理由　给自己一些悲凉的欢喜
后来我睡熟了时　雪仍然在落

（原载《诗选刊》2016 年第 11 ~ 12 期合刊）

简　评：

在不惑之年，如何做一个不惑之人，这也许是过了四十岁的男人，都将面临的一个重大人生课题。诗人在雪夜里沉思，又在雪落声中入眠。他的思考也如雪花一样，落满了灵魂的大地。

（张德明）

剥玉米

河　石

玉米堆旁，单薄的母亲
散发出秋天的光芒，她挥舞着一小截铁
打破一丁点缺口

我用一根小手指，从通道的侧面
使劲地抠，一粒粒金色的纽扣，钉在了秋的衫襟

我像一个孤独的王
细细点数着国库的宝石，从沟壑般的皱纹里
救出冬天的口粮与衰落的牙齿

我不停地将时光剥离母体
散落乡下。时至今日，唯我能辨识出
秋风里的碎金

（原载《星星》2016 年 12 月上旬刊）

简　评：

一个小男孩和单薄的母亲，在自家院子的玉米堆旁，拼命地用手指，抠着……

本是一场原始的辛苦劳作，却被作者，写成了一场辉煌的记忆（美感之余，总难掩悲怆）。

当然，若把背景放回到数十年前，他们又是幸福的，毕竟他们还有玉米，可剥。

（黄　钺）

一阵风吹进中年

洪瑜沁

一阵风吹进中年
我半旧的身体，哗哗作响
像一只破损的陶罐
依旧承接着
生活的阳光、雨水和尘埃

身体的漏洞，被风一一揭示
疼痛的豹子，伺机而动
膝上乌云聚散
一千只蚂蚁，爬上裸露的神经

时光虚掷，堆积
浓重的秋色
迫我交出，盛夏的果实
和私藏青春的蝴蝶

起风了
草木倒伏
我必须稳住啊
这日渐倾斜的秋天

（原载《诗选刊》2016 年第 3 期）

简　评：

人生一世，草木一秋。中年的况味，尽在诗行之中。

（张德明）

绿野仙踪

胡　静

风从窄窗户里挤进来
“跟我走吧，我可以带你去最北的梦里
北极的光还未散去”
愚笨的稻草人，空心的铁皮人，胆小的狮子
都找到了所需。
我穿了女巫的银鞋子
唱着歌，踩黄色的砖格子
一不小心就跳到了北纬四十度的雪花里。

（原载《星星》2016 年 9 月上旬刊）

简　评：

《绿野仙踪》是美国的系列童话集，共十回本之多，有“美国的《西游记》”之称。稻草人、铁皮人、狮子是其中重要的角色，当然，还有女巫。

《绿野仙踪》也是世界名曲，抒情而忧伤，如果你喜欢听，必定也是陷进去后，好久也出不来。

北纬四十度的雪花飘飘扬扬地洒着，肯定早已融进无数心怀幻想的灵魂之中。相比之下，这首短诗，实在有点儿小气，但我还是愿意按下播音键，在心里，让它一遍遍地，化为音频，流淌。

（黄　钺）

九 年

胡茗茗

我爱尽了天下锦绣
针的暴力，线的棉柔
这进进出出的重叠多么和谐
如果丝绸说不出口
那刺下去的疼，一定是女人的

多少浓云翻卷都放下了，而我
胸有化不开的墨团，只能
描摹山水，不会小娇娘
绣箍上尘土太深，九年前
绣上的一朵海棠，还张着小嘴
有着河北口音和体香

我被卡在其中，断成两截
爱过的身体何其辽阔
里面的部分，九年，
外面的部分，九年
又九年

（原载《诗刊》2016 年 10 月号上半月刊）

简　评：

“爱过的身体何其辽阔”，此句一出，诗歌韵味陡增，格调全现。

（张德明）

马戏团

胡 弦

不可能一开始就是锣，
一开始就是猴子和铃铛。

狗熊裹着皮大衣，心满意足，
理想主义的鹿却有长久的不宁。
不可能一开始就是铁笼子，
就是算术、雪糕、绕口令。

不可能一开始马就是马，
狮子就是狮子；不可能
一开始就到了高潮，就宣称
没有掌声无法谢幕。

不可能一开始就和气一团；
就把头伸进老虎嘴里。
观众鼓掌，打唿哨，连猎人
也加入了进来。不可能一开始
猎人就快乐，老虎也满意。

撒旦酣睡，艺术驯良，
天使从高处忧心忡忡飞过。
在这中间是马戏团的喧哗。
不可能一开始就这么喧哗。

不可能一开始就是火圈、
糖果、道德的跳板；
金钱豹，不可能一开始就爱钱；
头挂锐角的老山羊，不可能
一开始就是素食主义者。

（原载《人民文学》2016 年第 11 期）

简 评：

看马戏表演，其实也是在看人生表演。不过二者之间的关系很隐秘，诗人写来也较为含蓄，诗美表达的度拿捏得很到位。

（张德明）

眉邬，大雪纷飞

荒原子

正月十四。目光随风
你数着雪花，像数着
细碎的光阴。二月的唇线
一场雪，正徐徐展开
一尘不染的百里画廊
流出的白雪，一目了然
热衷拍照的人，等待
回归的灵魂，迷人的花瓣
在梦幻之外，惊世脱俗

你挪一步，回到美阳街
心中蛰伏的美神，也会款款而出
料峭的寒在背后，带上春色的路人
因为喜爱轻盈，迷醉的眼神
忘记了擦肩的车流

你开始呼吸，俯下身子
退回到一页纸内，安于一隅
以沉默的方式，接受窗外
眉邬的轮廓，大雪纷飞

（原载《绿风》2016 年第 4 期）

简　评：

特定的时日，特定的季节，在特定的地点，一种特别的情绪，如雪花一样，在心中纷纷扬扬。

（张德明）

母子图

黄灿然

在上班的巴士上，前面右边第一排
坐着一个高大、健康、英俊的少年，
他身边坐着一个三十多岁的女人，
显然是他母亲。他不时指点窗外的景物，
一边描述和评论。不是絮絮叨叨那种，
而是声音坚实，吐字清晰，听起来特别享受。
他母亲总是点点头，或低声回答，像情人一样。
她看上去非常普通，不惹眼，但因为她儿子的缘故，
你会愈看愈觉得她漂亮、美丽、迷人、性感，
她染了淡淡的赤色头发，一绺绺发丝
轻柔地散在颈上，一个大耳环偶尔摇晃一下。

（原载《诗刊》2016 年 9 月号下半月刊）

简　评：

叙述里有迷人的场景，更有温馨的亲情。

（张德明）

老　婆

黄　梵

我可以谈论别人，却无法谈论老婆
她的优点和缺点，就如同我的左眼和右眼——
我闭上哪一只，都无法看清世界

她的青春，已从脸上撤入我的梦中
她高跟鞋的叩响，已停在她骨折的石膏里
她依旧有一副玉嗓子
但时常盘旋成，孩子作业上空的雷霆

我们的烦恼，时常也像情爱一样绵长
你见过，树上两片靠不拢的叶子
彼此摇头致意吗？只要一方出门
那两片叶子就是我们

有时，她也动用恨
就像在厨房里动用盐——
一撮盐，能让清汤寡水变成美味
食物被盐腌过，才能放得更长久

我可以谈论别人，却无法谈论老婆
就像牙齿无法谈论舌头
一不小心，舌头就被牙齿的恨弄伤
但舌头的恨，像爱一样，永远温柔

（原载《诗刊》2016 年 3 月号上半月刊）

简　评：

世上还有比“老婆”一词更大俗大雅，更亲切动人，更近在咫尺又远在天涯的吗？

诗的第一段，比喻生动有趣。

而“玉嗓子”与“雷霆”，“两片靠不拢的树叶”，“恨”与“盐”，“牙齿”与“舌头”，更是被作者用活了。

诚然，此诗描摹的仅是“老婆”之一种，天下万千不一样的“老婆”其实千人千面，何况，家家原本就都有本难念的经。

（黄　钺）

旧　地

黄海星

那些暮色是什么时候出现的
那些小野花走着走着就停下来歇了
那些稻子从六月就开始疯绿，说不累，要坚持到秋风初起
你记得的小径已草深林密，鸟鸣陌生
从低矮的屋子望过去啊，河流那么低
夕阳那么低，燕雀那么低，我们还在原处
你可以坐下来的。暂时忘记
远在千里的儿子和窗前一株孱弱的白海棠
安静地看一列夜火车，拖着长长的尾灯穿过死寂的黑暗

（原载于《星星》2016 年 2 月上旬刊）

简　评：

诗人荣荣在其创作谈中说过一段话，我在此抄下：“你不能老老实实地说大白话，你得含沙射影、转弯抹角、王顾左右、欲说还休、闪烁其词、浮光掠影；你得比啊兴啊意象啊隐喻啊。你得满嘴鸟语，你得似是而非。有多少玄就有多少味。”

而这首诗，被言中者有几？

“有多少玄就有多少味！”

（黄　钺）

夜 气

黄礼孩

时候尚早，足够我们去
凝视每一样深不可测的事物
直至它在内心变得简约可感

黄昏之后，夕阳的消失宣告了
我们对逝去的一切心存残缺的怀念
叶子在洁净的夜变得越来越冷时
我忆起父母，他们像黝黑的影子
在劳作，直到静谧的下弦月照亮

夜深，水的流淌真切，黑且蓝
它托起一座山庄，身体的牢房
此时被打开，草木散发清香
一个生灵呼唤着另一个生灵
每一个都在相互倾听，带着望不见的气息

古老的夜晚经过教堂
高墙之上，梅影斑驳，无知，无邪
我们交谈，面庞变得清晰起来
夜气带来群星闪烁的天赋
像未唱出的歌留存到明天

（原载《诗刊》2016 年 10 月号下半月刊）

简 评：

黄礼孩诗歌中的和善之美与宗教情绪，总是那么感染和打动人。

（张德明）

母亲体内的敌人

黄锡锋

母亲体内
一定住着一个敌人
这个看不见的敌人
总是在母亲
不经意间
把母亲摁倒

摁得母亲腰痛　腿痛
大汗淋漓
摁得母亲不断咳嗽
忍不住蹲下来
按着她的痛

为赶跑这个看不见的敌人
母亲就在老屋子里
生起闷烟
在田间抡起锄头
挥起扁担
让烈日暴晒
让暴雨冲洗

可这个看不见的敌人
显然是母亲的老对手
借她的身体掩护
躲得好好的　躲得母亲都
抓不住它的痛
结果让母亲痛了一辈子

面对这个看不见的敌人
母亲开始和
白大褂打交道
开始服下一粒粒药片
开始在田间寻找
艾叶　茵陈　茅根等
她要和这些草头兄弟一起

让她的老对手
吃尽苦头

（原载《诗潮》2016 年第 11 期）

简 评：

照本宣科的叙事，显然不是诗。

这首诗的作者灵机一动，给母亲的病换了个名称，果然大有改观。

当然，语言必须过关，还需加上少少的：狡黠。

（黄 钺）

雨中的铁

黄晓平

谁说的，一场雨水
会轻易把一块铁体内的锈
逼出来

此刻，我坐守梅雨江南
隔着雨帘看到铁飘起来，锈还在铁里磨蹭
铁在复燃
把雨水烧得冒起了青烟

（原载《星星》2016 年 8 月上旬刊）

简　评：

铁与锈，犹如木头与火。法国诗人勒韦尔迪说：“诗在生活里，就像火在木头里。”

此诗，突然有点儿盗版的味道。呵呵，请作者原谅，评论家的鼻子，偶尔也有失灵的时候。

（黄　钺）

来到英国乡间

黄亚洲

麦田与草坡的起伏都很平缓
一大片仰卧，一大片侧转
树林在其间，见缝插针，或站成直线
或挤成一团
谁画的这幅简笔水彩，着色这么优雅，又这么素淡
只有风蹑手蹑脚，还想在哪里
抹上一点

不知名的野花，举着自己小小的心情，站在路边
她们热心指引我去林子深处，那里有尖顶的房子
有一家农户，在吃饭
十四世纪的日子蘸着当代的果酱
花挂在窗台外，狗趴在桌边
屋顶耸着小小的烟囱，看上去像根炮管
这是唯一叫人忽然想到战争的局部
除此之外，慵懒与和平，已将整个画框挤满

唯有一只蚱蜢跳出来，要跟我走
说是这里，没有时间

（原载《绿风》2016 年第 1 期）

简　评：

诗人对异域情状的描述和建构，为我们观照中西差异提供了极好素材。

（张德明）

蜀地小镇

霍俊明

这一年冬末。桃花
早已衰败多时。踪迹全无
作为岁月的补偿
蜀地，阳光正醺。

不必翻山越岭，已风尘满身
小镇于阒寂之中继续吆喝着方言。
马蹄声正远
这一年，姑娘去往何处？

兜售伤心凉粉的人满脸堆笑
小镇，空留三树两行
斑驳的绿漆邮筒塞满落叶
一次次眷顾的还有尘土

那匹晨雾中喷着响鼻的枣红马
她曾深秋时节在二峨山麓徘徊
梅花必是落满了南坡

蜀地之信仍没有下文
一袭绿衣正与树影合一
仿佛正端举一整个夏日的焚烧

你的声音
“仿佛来自另一个尘世”

（原载《诗林》2016 年第 2 期）

简　评：

这小镇是古老中国千千万万小镇的缩影，有着大致相同的脉搏和气息，借助诗歌，它们获得了新的生命。

（张德明）

土 墙

吉狄马加

——我原来一直不知道，以色列的石头，能让犹太人感动。

远远望过去
土墙在阳光下像一种睡眠
不知为什么
在我的意识深处
常常幻化出的
都是彝人的土墙
我一直想破译
这其中的秘密
因为当我看见那道墙时
我的伤感便会油然而生
其实墙上什么也没有

（原载《诗潮》2016 年第 11 期）

简 评：

作者，好像仅仅给我们端出了一碗清水。

我尝了一口后，才发觉里面加了盐。

（幸好加的不是毒药。）

土墙即以色列的“哭墙”，其来龙去脉比一匹布还长，但作者不打算去寻根问底，因为在一首那么小的诗内，容积有限，他只有干脆装呆，或面无表情。

（黄 钺）

小　玉

吉尚泉

如果不是母亲，还有谁
会唤你的乳名。谁提着灯笼，在你梦中穿行

那些招手的人，打量的人，追逐的人……
是否也会沿着小径，聆听花开

如果戏已落幕。小玉，你是否
会卸下油彩，用草色的衣衫，遮挡突然的慌张

（原载《星星》2016 年 11 月上旬刊）

简　评：

这首诗有些不清不楚并欲言又止。这首诗中肯定已发生了什么且不是好事。

但“戏已落幕”。

我们无法戳穿，作者好像也不想明示。

也许是过度悲伤，也许是无法清醒……

（黄　钺）

草原跋

简　明

1

高举粮食和水，灵魂所向披靡
高举天空，向上升腾的光
最小的体积，托举最大的志向
在宁静中奔跑，在倒伏时眺望
风卷残云，超越风
滴水穿石，超越水
强食弱肉，超越猛兽
蛇吞象，手遮天，超越小
草的前方只有草，一棵一棵列阵
一队一队出发。弱者的强大是
与天敌相依为命，不弃不离

所有的思想都诞生在途中
让土、土壤、土地，紧握草根
跟随草的步伐，响应草的召唤
体弱的子孙留在半路，强悍的子孙
日夜兼程。没有一棵草
是低头生长的，厄运截留那些离群
掉队的人。高举远征的武器
像黑云高举雷电，草的野心多大
草原必将多大！高举旗，号角
先人指路

还有旧址，锈器，飘忽不定的磷火
神谕，悬挂在夜空中的彩绸
还有鼓，满腹的绝响
还有箭簇，身首分离的传说
太多无法传递的口信
重叠、迷茫。旧址无人认领
纷乱的往事几经穿越

我清点过托乎拉苏所有的山脉
所有的雨水和所有的草籽

所有的海子和所有的盐
所有的羊群和所有的狼
所有的旱蛇和所有的幼鼠
所有的天灾和所有的幸存者
完美主义的食物链
难计其数

2

日月占卜，四季贯彻方圆
草在荒野里穿梭，势头
锐不可当！这是原始生态链中
不可篡改的基因谱系
还有肥硕的绿蚁，高举蛇皮
奋力追赶前面的同类
还有毛色善变的鼠，草到哪里
它们就把洞穴打通到哪里
一种生生不息、永不停止的延续
草不见山，只有原
草不见川，只有原
草不见海，只有原

还有马队，已经入土的耻骨
还有坑，曾经掩埋的塌陷
还有命名：小妈妈沟
千户长的部落留下了蹄尘
还有酒桶、皮靴和马鞭
风干的栈道，无法丈量
还有百峰骆驼牵引的大营
迷失在草原，巨大的银锭
与最小的马驹同葬
作为生活的证据，来年
母马能够准确地找到发生地

还有沙暴，行动之王
还有滚地的秋霜和秋寒
暴风雪提前一天
军帐就锐减一成
战俘的家眷已无法辨认

流放的罪犯
一去不返

我写过锡林郭勒，当代名篇
我路过桑科、卧龙图、康巴诺尔
路过那拉提、托乎拉苏
路过呼伦贝尔、科尔沁、若尔盖
草原不会记住路过它的人
一千年前，或者一千年后
我无法丈量的是
神秘的编年和草的边界
行者无疆

3

生也辽阔，死也辽阔
羊的出生地叫：子宫
草的出生地叫：大地
大小一蹉跎，生死两茫茫
烈马只有两种死亡：一种战死
一种跑死

公牛与母牛同在
头羊与羊群同在
种羊的结局是
累不死，才能老死
草是不死的，浅草命长
不明来历的种群好养
草的死亡，就是生
就是无边无际的燎原

过早成形的草原，必遭践踏
过早抬头的梭梭，必遭斩首
正如少年成名的英雄，必遭暗杀
远方不远，无休止的扩张
向所有的无名地进发
或是为了寻找对手
或是为了寻找财富
或是为了寻找水源

永无抵达！

草，命名了目力所及的
一切，领地和版图
山川、河流、沼泽
戈壁和沙漠
包括天空

4

高举天赋，倾覆之光

高举词牌：《飞雪落群山》
《清平月》《琵琶仙》
《木兰花慢》《送征衣》
《沙塞子》《满江红》
《高山流水》《风入松》
《汉宫春》《过秦楼》
《梁州令》《甘州遍》
《散天花》《少年游》
《明月逐人来》《梦还京》

高举皇家曲目：《阳关三叠》
《良宵引》《忆故人》
《雉朝飞》《挟仙游》
《鸥鹭忘机》《清夜吟》
《梅花三弄》《雁落平沙》
《石上流泉》《风雷引》
《阳春白雪》《长门怨》
《胡笳十八拍》

自带火种的人，四海为家
把故乡留在后方的人
必有第二个故乡
和亲的细君和解忧公主
西出阳关，马、车仗、侍从
跟随异族向导，金帛、嫁奁
茶和瓷器，白银和羊群
耐渴的骆驼，跟随草

从长安来，浩荡百里

5

生在草原，就必须歌颂草原
我曾亲眼看见过，鹰隼
怎样把一头牛叼进苍穹
群蛇，怎样缠绕
疾行的马蹄，侧柏和塔松
怎样从峡谷深处
一直爬上山顶，寸草不生的碱滩
怎样一夜返青

雪山在接近太阳时，内部瓦解
沿着山体溃败，雪水寒气逼人
从科古尔琴天堑垂直落下
粉身碎骨的河流，柔韧无比
像敢爱敢恨的人无坚不摧

太阳落山的时辰，每推迟一刻
阵亡者就增加一成
战死的兵士，无法掩埋
一层层堆积河道
尸骨比石头坚硬

这不是一个轮回
也不是一次祭天的往返
草原只有开始，像地平线
只见日出

善骑的民族驰骋草原
善射的民族镇守中原
草原，喂养牲畜和最原始的战场
开疆拓土的草，喂养大地
和远方

战争不可能消灭草原
正如羊群不可能消灭草
历史正在现场

所有的生命都向生而死
唯有草，向死而生

2016 年 6 月至 8 月于新疆、内蒙古、甘肃草原

（原载《华语诗刊》2016 年第 10 期）

简　评：

写长诗的要诀是什么？结构的安排，诗思的完整和统一，语势的一致性等，恐怕都是不可或缺的关键要件。简明的这首诗，完美地做到了这些，因此是一首不可多得的优秀长诗。

（张德明）

上　河

剑　男

阳光是逆着河水照过来的
照着挖沙的船，日益裸露的河滩，以及
河滩上零星的荒草，说是河
其实是众多的水荡子，因此远远看上去
就像一面打碎的镜子散落一地
不再有浩荡的生活
不再有可以奔赴的远大前程
上河反而变得安静了，并开始
映照出天空、山峰以及它身边的事物

（原载《中国诗歌》2016 年第 7 卷）

简　评：

有比较就有鉴别。下河和上河之间的差距，似乎说明了很多问题。反思现代性，或许是诗歌的一大要旨。

（张德明）

容　器

江　耶

命运的线索终于缠绕到一起了
我必须摊开自己，收留你
你的无辜，你的无奈，你的无知
你的忐忑和心安理得
你抱来琵琶后的欲盖弥彰
我都收下了，仿佛我闪出了空穴
收下你兴起的一阵风雨
滔滔的江河流过，无边的山野绵亘
你来吧，你说吧，我是一个容器
这是你的，只装下你
你的幸运，你的幸福，你的激动和激情
春花秋月光华万里，日暮月落长势汹汹
一件又一件人间盛事，我会容下的
我用自己，不虚伪，不虚无
坚实的壁垒，把你围合
内外都有装饰，它们装裱了我们
与我们并不一一对应
我只是看着你，守着你
像我的内心，很小的
小心眼一样的，全部心思

（原载《星星》2016 年 1 月上旬刊）

简　评：

把自己比作一个“容器”，用来盛放最亲爱的人所有的一切，这是爱情表达的独特方式。从这里我们读到了真情，读到了患难与共，读到了呵护与关爱，读到了很多令我们感动的东西。

（张德明）

诗　行

姜念光

这些漫长的弧线令人吃惊。
向下，对深翻的泥土静静顺从，
向上，隆起教堂圣咏般的穹顶。
如画江山，也无非这样的三五条弧线。
优美，浑圆，但是没有圆心，
流畅从容，但是找不到语言的支点。

在无尽的起伏中，
匆匆来访的诗人像一群乌合之众。
要写出对称的诗行，当代已经不够用了，
可能需要用上杜甫和屈原。现在，
我们之中那位个头儿最大的诗人走了上去，
却显得那么小，那么轻。

（选自《诗选刊》2016 年第 8 期）

简　评：

诗，有时不宜实解。某种情况下，诗即潜意识的产物……

就像世间神鬼，有乎？无乎？其“存在”，却增加了生活的层次感。

诗中之“弧线”即一例。我曾在这实得不能再实的词前疑问再三，也曾把石华鹏的《诗歌的纠结：懂或者不懂，真或者伪》翻出……我想，大多数读者也可能如我。

“某种奇异而美妙的内心感受，艺术直觉。”直至某评论家给出此答案。

（黄　钺）

郊区作风

姜　涛

穿体面点儿，就能像个中介了
每个早上，打开洞穴，骑电动车冲出去
人生，需要广大绿色的人脉
那随便放狗咬人的、随处开荒种菜的
人其实不坏，就想花点闲钱撒野

剩下的日子，熬着也是盼着
周末得空：上山吸氧，采摘熟烂瓜果
深夜不睡：写写打油诗维权
即使不能如愿，北边窗户下
那些开往包头的火车还是甜蜜的

甚至空了所有车厢，一整夜地
蹂躏着铁轨——惹得枕边人
也惆怅，忙不迭在被窝里
为秀气的身子，插一朵红花

（原载《诗刊》2016 年 12 月号下半月刊）

简　评：

诗歌有时需要野性一点儿，需要幽默风趣一点儿，需要胡思乱想一点儿。这几个“一点儿”，姜涛都做到了。

因此，诗就站立起来了。

（张德明）

在桥上

蒋立波

在桥上，我关心的是桥下的事物：
游鱼，水草，深埋的淤泥；一条黑暗中畅泳的蛇，
许多年前，它曾经像闪电让我的脚踵尖叫。
当然还有那些漂浮的塑料袋，
无视重力法则的泡沫板，废弃的避孕套，
淹死的野猫和老鼠。

这是一条叫“苋浦”的内河，日夜押运着
这些城市的排泄物。它显然已经习惯
这分分秒秒的单调和枯燥，就像我们习惯于
制造更多的垃圾，习惯于日复一日的
屈从和愧疚。
齿轮在磨损。发条开始松弛。中年
被追逐到了危险的桥上。

我分明能够听到，扎啤在肠胃里奋勇前进的声音；
甚至叹息，分明也带上了城乡接合部的潦草。
相比于头顶的星空，我更关心坠落河底的星星；
相比于水滴的总和，我更关心每一颗水珠；
相比于统计学的清晰，我更倾心
淤泥深处的蚌壳和歧义。

而已经多久，我羞于说出爱？
因此我感谢今晚被驱逐到这里的夜宵摊，
感谢给我端来白开水的丰满的老板娘，
感谢陪伴我度过晦暗时光的你们。
当然，我也感谢刺鼻的油烟味，这生活撰写的另一份
授奖词，逼迫我报以温热的泪水，
让我敢于改写温茨洛瓦的诗句：每一秒，
我们都在与自己告别。

（原载《扬子江诗刊》2016 年第 2 期）

简　评：

卞之琳有诗："你站在桥上看风景，看风景的人在楼上看你……"

清人黄仲则更有名句："独立市桥人不识，一星如月看多时。"

诗中的"在桥上"为作者站立点，其视点却在桥下，一条叫"苋浦"的垃圾河，无疑这样的河流是让人反呕的，与"诗"无缘。

作者却用他的独特之思，替我们挖掘出"坠落河底的星星""每一颗水珠""淤泥深处的蚌壳"。而河边可能早已存在的"夜宵摊""丰满的老板娘""刺鼻的油烟味"，这些生活的授奖词，当你真正处身其中的那一刻，惶然比兴奋绝对要更多一些吧？

（黄　钺）

枯草帖

蒋　卫

从乡间小径的这头，到那一头
你从未目睹过的枯草
它毕生在饥饿的喉咙里，没有缺席过

虫豸蛰伏，多么安静啊！像是多年蜕掉的壳
我从中冲出来。在垂直的明月下
万物羞于见证一切

而三叔说“这些该死的枯草”
他不知道的是，他终将会
随着这些被咒骂过的枯草，而被深埋

仿佛唯有如此看到的
才不是真相。雨点打翻了瓦片上的因果
还有我自身悬挂着的，多余的亭榭

在夜深时，枯草会突然涌入我俯身的窗口
这狂欢的沉重
像是赶赴一场断头的盛宴

（原载《诗选刊》2016 年第 11 ~ 12 期合刊）

简　评：

写诗，其实就是找一个特定的事物，将生命的要义附会上去。

蒋卫提取到的“枯草”一物，集卑微、平凡、坚韧等于一身，是与人生是有诸多粘连关系的。

（张德明）

手中的白桂花

蒋　在

望着爱琴海
在灰褐色的海岸边
为哨兵造一座
无人拜访的丘墓

丘墓旁的白桂花
在富饶的雨水里
换上一桶油罐
把脸洗了又洗
扣上
我自由的白桂花

白桂花的浮香
转向天边落日
晒成哨兵
手里钟塔的杏黄
堆成无人探问的庄稼
我用余生将你拾起
掀开你梦境中
滑下的面纱

（原载《诗歌月刊》2016 年第 1 期）

简　评：

诗歌境界开阔，有令人难忘的场景感和镜头感。那广漠的爱琴海，那洁白而清香的白桂花，还有守着边境的寂寞的哨塔，都散逸着抒情主体浓郁的情绪。

（张德明）

病到午

金玲子

是什么让我学会看远方，看得越远
对远方越是……视而不见

我总是不停地把脚陷到泥土里
不停地……怀念
遗忘，怀念
好像一个无事闲游的浪子抬头看天

思念，不经意中变成紫的，红的，纷飞的
无足轻重的东西

万物的景象并非总在思考之内
语言已不能够用来表述……
正如我想起你
一听到木桥上马蹄和车轮辘辘的声音
就站在书房张望。就想起南方

青青的草，土地很肥
一个叫杏花的女人

（原载《诗歌月刊》2016 年第 3 期）

简　评：

这首诗很奇怪，题目好像没写完，诗歌也好像没写完。

或许这有意的未完成状况，为我们提供了揣摩抒情主人公“病”情的契机。

未完成也给诗歌带来了某种意想不到的空白和张力。

（张德明）

青蚱蜢

津　渡

没有什么比秋雨更细致，耐心更长。
窗外，埠头上，芦苇鸣叫
黑夜，河水像手心里滑过一条大鱼。
父亲在裁纸，母亲折好河灯灯座
开始捆扎元宝锞子。
纸糊的窗子下面，灵魂脆弱
噗噗地，扑向灯火。
在灯下，她们过早地燃毁了双翼
而你，燎断了腿脚。
母亲说，假如你是青色，小巧的
今夜，就是我们过世的亲人前来投认。
弟弟说，是祖奶奶，母亲说，嗯
是你外公吧，也许，是你……小姑
母亲抬起头来望着父亲。
而父亲，总是那样沉默
偶尔，会把刀子停下，看一看我。
像我唇上的绒毛一样细密，窗纸上
雨丝潮湿。我想起前村的小琴
在埠头上洗脚，顺着河水潜下去
六月天，浮上来时浑身泡肿
脸色湿淋淋，像团发青的荷叶。

（原载《诗歌月刊》2016 年第 4 期）

简　评：

这首诗的纹理细而密。

但我们不应把注意力落到那些具体的动作上，请注意虚的，请注意“总是那样沉默”的父亲，他的“偶尔，会把刀子停下，看一看我”，才泄露出故事的主角。

也才泄露出父与子骨肉相连的微妙心思……

（黄　钺）

笔记本

敬文东

1

翻开发黄的笔记本，能看到许多
残破的思想片段。我曾经以为：
偏见是我们进入生活的有效开始
现在我依然这么认为：造谣比制造真理
更加有趣。我给这世界造了很多谣。
我诽谤了它。而我恰恰是个
靠出售观点换取报酬的匠人：
它构成了我的记忆、毕业论文和吃饭的
餐具。它是一个工具箱或百衲衣。
是隐形的波浪。
我记下了许多大写的字：
树雄心、立大志……
这是方向和遥远的道路。
三个单音节的字，仅仅是三个，在我心中
合拢，却又在我的笔下无数次
有意分开。普遍的梦见，广泛的悔恨，
耗费了若干日月；
放浪的夜晚，口若悬河的白昼，
仅仅换来了沉默的今天。
今天奉献了你。
迟到的奉献，深不可测的口音，
让我借助酒力说出了积攒多年的疯话。

2

我仅仅是一个草稿，从未真正完成。
我向黑夜求饶：我被幻想中的幸福
无数次压垮。它们都曾被我设计。也被我
毫不犹豫地否定。恍惚间，

多少用罗盘丈量过的道路
横亘在眼前。我见到过的街道，
我听见过的名言，我闻到过的未来的

腥味，像有局限的心脏皱巴巴的生活
却说出了有翅膀的话、带惊叹号的表情。
像二锅头的浓度。
我爱上了它：穷人的激情、虚拟的销魂
能做出指南针的各种动作。
谎话无须脸红，真话却要借助酒勇
人到中年，即兴撒谎的技艺
已无须再次锤炼：
这是我要写到笔记本中的又一条格言。

（《诗刊》2016 年 7 月号上半月刊）

简　评：

“笔记本”是一个让人感受复杂的词，当然，前提是你必须是一个在笔记本上写下过很多文字的人。

“真话却要借助酒勇”，作者必是酒后才写出了这首依然有些隐晦的诗。“笔记本”就像大海，无数的理想曾在其中起航，却几乎一一折桅。它折射出了理想与现实的距离，它的存在，无疑已成为你我的某种讽刺……

（黄　钺）

尽管火种并不忠诚

——给一位诗人

康苏埃拉

海滨的守火人食字，也偶尔饮海
尽管火种并不忠诚
但你熟识热带，这么多
不可逾越的纬度，这么多通红的眼睛
你站在里面捕捞辞藻，用直觉的斧子砍柴
而那片被划分出内外的水域仿佛某种决定：
一旦搭建，就意味着劈开
现在，守火的人请告诉我
如果今天还不是时候
那么是不是就在明晚，在鲸歌响起的海上
你将拾起第一粒盐——
总有一捧温土还留有远祖的姓氏
写下它，使我的燃烧像海一样开始

（原载《诗刊》2016 年 9 月号下半月刊）

简　评：

写诗如守火，寻找诗句，如同火中取盐。

（张德明）

荷花一直开到秋天

柯　桥

幸福那么辽阔
从云集村到合龙寺
一直漫延到太阳山巨大的怀里
荷叶与荷叶的拥抱
那么粗野，不分彼此
风也不能把她们分开
她们的爱那样任性，延绵不绝
时间也无力召唤
一个穿长裙的女人
默默地走过
独自分享了这辽阔的幸福

（原载《诗选刊》2016 年第 11～12 期合刊）

简　评：

这是一帧色彩诱人的摄影，开到天边的荷花作了背景或底色，那个穿长裙的女人，处于正中的位置。

“辽阔”二字，才得以凸显。

一个面目不清的女人，也更适合：怀念。

（黄　钺）

甲　乙

蓝　喉

夜色结成火车站的屋顶。
绿皮车厢以每小时六十吨的速度运走田野，村庄。
甲和乙终于相遇。
几十年来，他们隔空鞠躬，喂养，
也互相敌视。
甲专注于喝酒，赴死，死掉明亮的部分，
成为夜色擦掉的一个人，
吹熄的一个人，
火车和秋天运走的一个人。
他的死过于漫长，烂掉了苟活的十年，二十年。
乙练习小提琴和狙击术，
一张脸周旋于孪生兄弟般的共鸣箱和枪膛间。
他经常拆下互换，
子弹压进共鸣箱，
把天下的琴声塞满枪膛。
火车不断提速，
而他蹲守原地，
把弦上的人间按在准星上。
这两个以死为生的人，
相距千万平方公里的人，
遇见即完成了交付。
头顶的夜色，仿佛放旧了的一张契约。

（原载《诗刊》2016 年 1 月号下半月刊）

简　评：

相遇是偶然的，向死而生是共同的。
这就是人生。

（张德明）

沉默的手艺

蓝　紫

夕阳将树林染上火红的颜色
暗夜里开放的昙花
只传递迷人的香气，而掩藏怒放的美
一粒灰尘随风穿过田野
从不说起旅途的劳累

久旱的小草曾对雨水雀跃
干裂的土地也有过暗自的抽搐

季节的变换就是一场幻术
让我看到嫩绿的秧苗和废弃的草垛
看见花朵、果实和光秃的枝丫
这一场场无声的繁荣和衰落
教会我生存的沉默的手艺

（原载《诗歌月刊》2016 年第 10 期）

简　评：
不管是生活，还是写作，不能缺乏的，都是发现的眼光。

（黄　钺）

母亲　儿又搬家了

老　六

一次　一次　离开您
母亲啊　我的母亲
又一次搬离　离您
又远了　远了两百余里

哈哈哈　我的母亲
多像一个失败人士的败退
退到只能等到一年一度的清明时节
才能回来看您一次

我的母亲　想想
这何尝不是一件甜蜜的事
我四十六岁了　生在如此盛世
为失败和无用活着的命

只有　只等
最后一次回到您身边的那一刻
这儿　我的母亲
只等侄辈十六人成功地将我搬来

那时的我们娘俩
就是这个时代的成功人士
无命一身轻的高贵
连虚幻的时间也不能将我们娘俩奈何

（原载《诗潮》2016 年第 12 期）

简　评：

这个世上，母爱大概是最动人的，也是最伟大的。但我们往往忘记了，“儿爱”也往往激动人心。

四十六岁的人了，还喜欢“装”（没贬义哦，取其形也）。儿子，作者老六，让我们这些时时忘记孝敬的人，情何以堪？

没贬义哦。

（黄　钺）

田野：一个社会学学徒的研究备忘录

冷含莹

“我用整个少年置换的真实……”

最外一圈是经济的世界。
人行天桥：用高耸的汇率折合你。

请你检查宇宙中心的食道：
贴膜者、批发商、翻新硅片和残次品。
显而易见，油墨的纤维无助于消化
少年时误服的塑胶颗粒。

然后用整个黄昏扮演街区的闯入者，游荡
便会有慧心的办证妇女递出方言
领你走入来年分娩的院落。

你曾是我们这个时代胜迹的巡礼者。
你曾是念诵知识产权法的异邦人。
只有你能喝停疾走的流云和渐渐变暗的身世。

对牙床来次彻底的屠戮吧——
每一个六月，最后的高中生们倾倒一捆捆课本
离去，仿佛从未出生过。

而现在，你是你苦心经营的问题。
为查明一个新注解，你深陷真实的腹地。此刻
你能听见我遥远的呼唤吗？

明天，一辆破雾而来的火车将推动整个北方
向南向南，喝令你渡过
我的江水。你将和祖国的陌生人一起
在枕木的精确里做短暂的休憩。

（原载《诗林》2016 年第 3 期）

简　评：

田野调查，社会学剖析，这些来自人文科学的基本理念，被诗人巧妙植入诗歌的肌体之中，一种不言自明的机智和趣味不由自主地流溢出来。

（张德明）

滚绣球

冷眉语

纸上花朵。信中月亮
我们用信封相爱
隔了薄薄炊烟

凄美的故事在一只掌心走散，又在
手背重逢，一只手到一面墙的距离
略等于红尘，离合，悲欢

皮影戏上演了千年。看戏的女孩儿不知道
她正替一枚手执花朵的棋子
赶往生活的棋盘

我赞美一只迁徙的青鸟
将那界河一笔勾销
月光缝合了忧郁的镜面

请糖纸将两个深爱的人紧紧包裹
像天琴座爱着天鹰座
像糖块爱着那甜

（原载《诗选刊》2016 年第 5 期）

简　评：

戏里风月，戏外人生。爱情的酸甜苦辣，好像是跨越时空似的，在不同的时间和空间里相似地上演着，许多剧情重复了千年万年。

（张德明）

雪把雪落了下来

离　开

落在你离去十年后的小城
落在低垂的电线上，落在屋顶、青石板和旧墙边
落在鸟鸣里，落在稻草人身上
落在一张雪白的纸上

下雪后山的那头更加静寂
守墓人把雪关在屋外，碑上也有厚厚的一层雪了
仿佛你也雀跃不已，仿佛你也噙着泪花

你一声喊
树枝上的积雪扑簌簌又落了下来

（原载《星星》2016 年 6 月上旬刊）

简　评：

离去了十年的亲人，某些时刻，还会活着。

雪是洁白之物，纷乱的雪却更能让人产生幻觉。十年是一段多长的路程？“十年生死两茫茫”啊。

而“噙着泪花”，用得多轻，也用得多准：这么美的时刻，不能流泪。

（黄　钺）

村上君

黎 权

穿着明清式样的布鞋
我和村上君走上
明治时代的青石道
树木修剪成礼仪
乌鸦却放肆成猖狂
有高分贝的声音
在内心飘荡

还是回房间去吧
先把耳朵打扫干净
落叶已经被风卷走
而吸尘器里面
鸟粪则来源于
我们的鞋底
就此，两人沉默

（原载《诗选刊》2016 年第 5 期）

简 评：

屋外与屋内，两个世界，两种不同的生命境遇。

（张德明）

玩泥巴的孩子

李不嫁

陶艺馆里，玩泥巴的孩子
童心塑成一只只圆润的泥碗
我真想告诉他们
我们这些人，也是泥巴做的
我们这些小泥人，在女娲手里
原本没有不同，只是后来
活成人的样子后，才有了贵贱之分
有些人生来就脚不沾泥
有些人注定一辈子面朝黄土
像这些铜雕的窑工，匍匐在烟熏火燎中
他们只记得太阳是泥巴做的
正在烧制、淬火，说不定哪一天会爆裂
而月亮，一只盛饭的大碗，大部分时间是残缺的次品

（原载《星星》2016 年 5 月上旬刊）

简　评：

这首诗值得细细玩味。

“太阳”是怎样成为窑工工作的代名词，而月亮又是怎样成为他们残缺的“饭碗”？

值得细细玩味。

（黄　钺）

逝去日子，或乐队 Beyond

李海洲

三个少年，唱完潦草的时代
一个莫名其妙的从前。
唱完年龄，二十年或者一转身。

时间有些旧了，音乐的沉郁里
春天还和以前一样。
初恋和大哭还在
激越却有些远了……
逝去日子，流水流过从前
生活停在旧历秋天的邮票里。

唯一的青春，是青春已经逝去
我曾经用过的世界
每一天仍然那么清新
像有什么事情在远处悄然发生。
那些年华的舞伴，锈掉的旧唱片
我心爱的美人鱼还会来吗？
少年们的歌声谢了
广场上飘动着花儿的皱纹。

年代在散场，慵懒的时光里
老朋友黯然谢世。有人文艺地抽身
有人重新开始初恋
那昏暗的街道上
依旧走动着业余的爱情。
是一切太快了吗？音乐里的齿轮
齿轮里时代的速度
一代人在颓废中迷茫
一代人走远，远到昨天。

逝去日子，少年们把歌声送给老年
让他在小雨的黄昏回忆理想。

（原载《作家》2016 年第 2 期）

简　评：

许多人的音乐记忆与他们绚烂的青春岁月是关联在一起的。

（张德明）

扫描月亮

李　皓

让我们一起盯着它，看
这个惹祸之人
父母盯着它看
它就是身在他乡的游子
我盯着它看
它就是西八时区的女儿
你盯着它看
它就是故里那个木讷的诗人
它盯着我们看时
我们就是它身边纷纷扰扰的
红尘
而我
更愿意相信它是一个二维码
用我们含泪的微笑
扫一扫
顷刻
我们就回家了

（原载《诗歌月刊》2016 年第 4 期）

简　评：

“今夜月明人尽望，不知秋思落谁家。”月亮，就像夜晚时天空的注册商标，任何人都无法从情感的层面上，把它揭去。

“二维码”更有新意。“扫一扫”是近些年才出现的“新生行为”，古人是无法理解的，现在把它结合到月亮上去，却能把我们笑喷。

（黄　钺）

来自永恒的临时垂青

李宏伟

在呼家楼换乘6号线地铁，在
指示牌的注视下，登上一条自动的溪流
我的双腿定格在与扶梯对等的结构
我的双眼沿着对面下行的人脸上行
我的大脑还在搜捕一句未完成的诗

后面的男人怀抱不安宁的婴儿，一次倾斜
撞上了我的右肩，我的额头
就势把骚动传递到前面男人的臂肘
而在统一的左侧是统一的预留的空旷
一个女人忽然出现，她静静站立
泪水就是声音，在她脸上毫无缺损地轰鸣

如同输入密码，诗句就此在眼前成形
世界的投影猛然向我敞开，伸出手去
触摸得到恒星与尘埃，触摸得到
通透的物自体，人类那共在的鲜活的核心
还有庞德黑色枝条上湿漉漉的幽灵

到了上一层大厅，众人匆匆分散
他们汇入新的方向，更换各自的表情
我仍留在原地，回味片刻前的光照
也许在漫长的余生，再也得不到她的垂青
我也知道，自己见识过永恒
如此短暂的永恒，长过宇宙的一生

（原载《诗刊》2016年11月号上半月刊）

简　评：

作者是否女性？

一个怀抱婴儿的男人，在地铁上的一次无意碰触，由此激发了一个女人与生俱来却沉睡着的母性？

……

然后又是：咫尺天涯。

（黄　钺）

潮湿的马

李见心

潮湿的马四蹄踏开
让我们藏不住干燥的日子
一车的玫瑰掀翻夏天
一车的玫瑰倾倒海洋
花朵继续着闪电
而冒火的青春直接驰入湖底

潮湿的马飞奔而来
当我们爱着时
当我们分别时
当我们思念时
没有一寸不潮湿
没有一寸不沦陷
公共的玫瑰

公共的玫瑰
你的名字已不是你自身
被爱情浪费

公共的玫瑰
谁都假借你的名字
完成血液的隐秘

你用花冠为我加冕
你用刺刺过我的心
你用花香吹醒过我的荒凉

你在所有的花朵之上
成为朝拜的圣杯
也成为祭品

你在众多的眼睑之上
点燃公共的战争
纯粹的矛盾——

让爱喂养我们的伤口
永不愈合
永远鲜亮

（原载《诗潮》2016 年第 6 期）

简　评：

“马”和“玫瑰”两个独特意象，在这首诗中跳起一支曼妙的交谊舞，一种别有味道的爱情如泉水般在我们耳边叮咚而响。

（张德明）

夤夜思

李空吟

漆黑的深夜，一粒粒文字跳跃着
他们集体咬我。咬我的睡眠
咬我的思想，咬我辗转的骨头

这个房间里的黑夜，仿佛一下子
老了下来。昨天傍晚，父母准备了满桌子的菜
仿佛在用他们的苍老，庆祝我越来越盛的壮年

虚无的黑，像一面悬崖
上面修建了庙宇，困住的哭声和眼泪
一些香火把它向上推起，它们高得要命

夜已经深到底了。我还在醒着
人间已经蒙头大睡

（原载《星星》2016 年 9 月上旬刊）

简　评：

一个“咬”字，用得多么：准。

一个“老”字，用得多么：狠。

而原本抽象的“悬崖”，也被施了魔法，我摩挲了一下老眼，上面的庙宇，真的映入了眼帘……

（黄　钺）

致日月湾

李孟伦

秋天，我来到了美丽的日月湾
一朵浪花走上岸来悄悄告诉我
风雨在千年前就已到了日月湾
于是日月湾风生水起天高气爽
还有缪斯的太阳和李白的月亮
也在千年前已悄悄来到日月湾
于是这里每一缕风每一瓣阳光
甚至这里的每一片鸟语与花香
都以诗的语言与自然一起交往
这便成就了太阳与月亮的港湾
晚风来，我轻轻轻轻告诉大海
在日月湾，我以一滴水的力量
就可以抱起了千年的太阳煮海
在日月湾，我不花费一分钱力
就可以与李白的月亮一起沐浴
日月湾是诗与诗人栖居的港湾

冬天来了，我要随风离开大海
于是在大海边种下一棵椰子树
来守候着我风情万种的日月湾
长庚星出来了夕阳要没入大海
谁在沙滩上留下朝霞般的围巾
给我大地我月儿和我的日月湾
留下了一袭温馨留下一分念想
让夜里的涛声与蛙声连绵不断

（原载《海南日报》2016 年 11 月 13 日）

简　评：

句式整饬，情绪抒发不疾不徐，火候拿捏较为到位。

（张德明）

嘿！阴郁先生

李　南

很多人饮恨而亡
没有谁能走到爱的尽头。

阴郁先生，请一点点地清扫——
心中的毒素、阴影和积雪
种几亩薰衣草
造一所小木屋
给农民工的早餐，加 400 克纯牛奶
当一回魔法师吧
为孩子们倒出动画片、字母饼干和尖叫……

诅咒过的嘴唇也可以用来歌唱
——即使在黑暗又弯曲的冬季。

（原载《扬子江诗刊》2016 年第 3 期）

简　评：

这是对一种倒霉天气的劝善，也是对雾霾时代的不满，当然还有对光明未来的期盼。

（张德明）

一窝蚂蚁

李轻松

在雨前出动，嗅着食物的气息
它们遍布在树丛、草间与坡上
你擅于造桥、筑巢、搬运
惊蛰之后，有翅的比无翅的更有生机
虽然最终都要脱落
它们切割叶片，储存种子
而我栽了一棵小树等你们
在院子里洒上馒头渣等你们
养了一些家畜等你们
是的，我们都爱甜食，尤其是糖
被你们拖进洞里的童年封存了起来
每次的反刍都更有味道
一些人在雨后出没。被惊扰的线路
你们四下逃散。冬天大雪把门封死
你们被人类堵死。
人们从牛身上吸奶，你们从蚜虫身上汲蜜
我们共同培植的蘑菇
一半长在阳光下，一半长在蚁穴中

（原载《扬子江诗刊》2016 年第 5 期）

简　评：

蚂蚁的生活史，被诗人轻松述来，真实生动而有趣。

（张德明）

补钙，补钙

李荣茂

在深秋的入口，西风一来
我就咳嗽，抽筋，掉发，冒虚汗
西风再来，带走了骨头里的钙
肉身的软弱，让我骨贱，猥琐和无耻

我走进中医堂，寻医问药
一鹤发老者，捻须搭脉，嘱曰
舀长江，黄河之水一瓢
采三山，五岳之石二两
取秦砖，汉瓦之魂三克
称唐诗，宋词之韵四钱
佐以南海蓝，青藏青，长白白
置三味真火之上，熬七七四十九天
熬出中国药香，味道，气质和力量
跪拜三皇五帝，举青花大碗，豪饮

饮罢，神清气爽，经络通畅
再饮，元气上升，骨头坚硬
丹田，凝聚天地正气
胸中，汇集梦想信仰
从此，坐如钟，站如松，行如风
在祖国的塬上，我要活出中国气派

（原载《诗选刊》2016 年第 11 ~ 12 期合刊）

简　评：

用中国历史和文化来“补钙”，可有效修正个体精神上之体弱气虚，从而还原一个“神清气爽”的拥有中国气派的生命本真，这种医用学与精神现象学之间的艺术嫁接可谓奇矣，绝矣，实在令人叹服。

（张德明）

疏离感

李少君

春天来了
飞絮吹得每一个人心里慌乱

雨中，细小的草在呐喊
台阶上溅起水花
随后散成泡沫

细雨中仍穿戴整齐彬彬有礼的他
显现出与这个时代的一种礼貌的疏离感

（原载《星星》2016 年 8 月上旬刊）

简　评：
是的，什么叫合拍呢？自然就是合拍的。
在一个狂乱的季节，或时代，我们反对：穿戴整齐彬彬有礼。
那是“反自然”，也有个别名叫：虚伪。

（黄　钺）

誓 约

李王强

两粒相拥的种子，在落地的瞬间
溅出了别离的天涯。可我分明听到
它们温软的誓约：

要在来年的春风中
同时醒来，并用氤氲缠绕的花香
找到——彼此

（原载《星星》2016 年 7 月上旬刊）

简 评：

六行短诗，一个细节，温软的誓约里有难舍难分的情缘。好诗！

（张德明）

喀纳斯湖边的夏牧场

李文强

一对蕨草掳走月光和尘埃
喀纳斯，你将不会因为音符的错位
和夏牧场里返青的时差
随手涂抹铅灰色的云朵或者鹰笛的悲鸣

伴随渐渐远去的牧人和羊群
你的双眼满腔忧伤、波澜不惊
可那些草场和湖水
却以安息的方式
随意制造飘零的步履和湛蓝的骨骼

月光起伏不定
伴随偶然掠过水面的轻风
鱼群一样步入湖边的草地
更多的时刻：你铜镜般的表情
以及散落于天地之间的蓝：穿透心灵
使我无法持续潜行于你的眼神之中

牛羊的蹄印随着季节的转场
深深浅浅地铺设到天边
我又一次体察到了孤独、单调和忧伤
就像初生的小兽暗自绽放寂寞

我会一直在湖边的夏牧场里
寻找原始的状态和始终不为人知的生活方式
而那些被无语的月光逐次照亮的湖水
却随着草场里沙哑的韵味
容纳下喀纳斯湖边的潮湿气温
以及夏牧场里沉甸甸的光阴

（原载《西部》2016 年第 10 期）

简　评：
夏夜湖边，月光笼罩的牧场，的确很美。

（张德明）

广府：用太极的眼睛看世界

李晓妮

久居南国，水泽滋润了我水一般的眼睛
我用它去寻找生命的存在，太极无限
道非道，非常道，天地混沌，渐生阴阳
“易有太极，易生两仪”，太极洋溢着和谐
太极在宇宙，广府在中国河北，相看两不厌
太极之鸟飞到广府，梧桐葱绿，天地灿烂
太极化为拳术，点化民国广府平民杨露禅
三下陈家沟，“盗”来拳术，以济众生
广府城内的武禹襄，富家大户，崇拜太极
以仰望者姿态去河南赵堡镇拜师学艺
文武相宜，将文章的起承转合融入太极
杨露禅，武禹襄，中国太极拳中兴之王
赵堡镇，陈家沟，无私借给广府半个肩膀

太极拳能完善身心里的阳光雨露
要练拳，先静心，未打拳，先立德
习练太极拳，身动心犹静，顺乎自然
宇宙万象可入内修炼，完善自我
太极心在内，外柔内刚，洞察天地之慈悲
太极剑出鞘，寒光耀眼，保家卫国振华夏
四两拨千斤，借力发力，恰似孙子演兵
形似绵软，内藏刚烈，一如国人性格
物我两静、以柔克刚是太极的精髓
用太极的眼睛看世界，万物皆可包容
不同的物种，不同的种族，和谐相处
太极拳在此，人是大写的字眼

（原载《诗选刊》2016 年第 7 期）

简　评：

呵呵，武侠世界，常常会有什么《九阴真经》或《吸星大法》之类的秘籍，这诗乍一读，就如读到陈式太极拳的某某。

难为了作者，在武侠与诗意的转换上，必定也要过了一番“太极”。

记得《笑傲江湖》的那个风清扬在启发令狐冲时说的也是“以人为本”的“无招胜有招”，与本诗的结束，是否具有同工之妙？

（黄　钺）

隔　世

李　浔

隔山访花，隔世寻人
身边的江湖，在你的脚上有了起伏
你收拢手中的折扇，那几朵梅不见了
落款中的你，是童子，也可能是樵夫
人间就是这样，被收拢或打开

（原载《诗刊》2016 年 8 月号上半月刊）

简　评：

结尾妙。作为短诗，有此结尾，更妙！

（张德明）

我年少时见过的那些壮汉哪里去了

李　岩

我年少时见过的那些壮汉哪里去了
那些我在集市上见过的高大、健壮的男人。
那些吞糠咽菜，只吃粗粮，干重活的人。
那些负重的人。高一声、低一声吼喊着夯歌打夯的人。
那些用宽阔的脊梁背着巨石缓慢挪动的人。
那些山岳一样的艄公。那些“呸呸”在手心唾两口，
再搓搓手就来了劲儿的人，那嘿哟嘿哟的人都到哪里去了？
那大河里的水到哪里去了？时间的上游流到哪里去了？

每到国难当头，清晨的渡口上身着长衫
背着包袱出远门的书生哪里去了？
那磊磊落落石料砌成的旧世界到哪里去了？
村头镇庄的石狮子哪里去了？门楼上的瑞兽哪里去了？
老槐树上叽叽喳喳的喜鹊子哪里去了？

雕花的石榴牡丹的石碾子哪里去了？
精工细作的每一个日子哪里去了？
那粗布而庄重的北方到哪里去了？
那不坑人照旧心安理得活着的人们到哪里去了？
如今，忙死忙活的人们那份安闲哪里去了？
那含泪送别远行亲人依依不舍的目光哪里去了？

（原载《诗潮》2016 年第 4 期）

简　评：

“呸呸”，我往手心唾了两口，然后一掌拍到历史的青石上，忍不住了，我得大喊：“好诗！”

一系列的问号，每一问都复活着一个逝去的记忆……是啊，那些在电影上、在文字中、在时间的缝隙中闪现过的身影、事物，或心境，真的哪里去了……

酣畅淋漓，童真愚朴，没隐喻，没怪词，却劲风、诗意扑面，一个逝去了的时代，令人怀念的那种敢于抗争、勇于承担，那些已经不能复活的美，突然就让我，渗出了久违的眼泪。

（黄　钺）

安　放

李　燕

在木鱼镇，把喧嚣、锐器、叹息放下
香溪源一路而来的流水温柔
万物都在酣睡，而我却目睹黎明敲窗

左手捧书，右手握笔
一架天平，称不出孤独的重量
跋涉的心依旧在原点，寸步不移

掀开落地窗帘，对面的山汹涌着绿海
迎面扑来。每一片叶子与我拥抱
怀里，弥漫亲人的体香

（原载《绿风》2016年第1期）

简　评：

学会“安放”，是一门自然而高深的人生技巧。懂得了在何时和何处安放我们的躯体，以及灵魂，也就懂得生命的某种真谛。

（张德明）

履　历

李以亮

你来到这个世界，带着惊恐、
希望、诅咒。从脐带剪开那一刻起
你必须学会吮吸、跌倒、站立。
母爱的慈祥里，种的意志
延续。母子的对视中，
语言诞生。稚子的身体，
多少人惊叹你的美丽，凝聚
神的造化之功。从头到足
完美的比例，无须证之于
X 光照下的骨骼。
那一双手，十节手指，
柔软的指甲盖，清澈的眸子，
未被欲望玷污，——不久将被污染。
短暂的童年，在未来的记忆里
被美化，给生存提供勇气。
无知的幸福。短暂、
稍纵即逝。很快，是青春醒来。
远方，城市，性的梦。
向往的图书馆，知识的宫殿。
哥白尼、伽利略和牛顿的星空。
帕斯卡尔和卢梭、雨果和波德莱尔的法兰西。
美洲，新世界，东方的陷落。
很快，你已来到现代。
很快，你将不再认识
生命为何物。追求真理，
你成为真理的化身。你是真理的
代言人，忘记自己的语言，
你的母语，——生命的语言。
很快，你将发现，智慧
不在大学里，诗歌
不在诗歌教授的大部头里，神
不在教堂和寺院里。
很快，你将发现，活着，唯有
尝试活下去一条路……
你赞美鲜花，却罔顾生命的花期。

你写诗，诗里却没有爱。
你研究火，而你成为灰烬。
真理躲过你，诗也远离你，你向着
死亡的方向前进。
“重要性”，蒙住了你的心
虚荣，像一把盐，扎进你的眼。
你，是自己唱给自己的一首挽歌。

（原载《诗歌月刊》2016 年第 8 期）

简　评：

沉重。有时，一张纸的重量，比铁，还沉重。

如果，这张纸上，填的是一个人的“履历”，尤其是一个戴着荆棘之冠的诗人的履历……

（黄　钺）

过张北镇

李元胜

一生中，至少须两次过张北
一次你是帝王
马蹄搅乱了白云和黄沙
白云落在坝上，还原成羊群
黄沙落回河北，还原成村落
还要把大风，顺手系在那棵皂角树上
整个青春里，你都听到它的嘶鸣
另一次，你只是一个心碎的人
前面再美的草原也救不了你
你低着头，弯着腰
路也低着头，弯着腰
所有奔赴着的事物，只是强忍着
没有回头

（原载《诗选刊》2016 年第 7 期）

简　评：

地理名词的诗意赋予，在古典诗歌里边俯拾即是，什么《过零丁洋》呀《宿建德江》呀等。这里的“张北镇”也是一个地名，且建制历史并不久远，该如何赋意呢？诗人虚拟了两个场景，虚构出两个处在不同生命状态下的人，成就了两幕动人情肠的场景，构成对比，也在不同的向度上为“张北镇”这个不起眼的地理位置开拓诗意的空间。

（张德明）

一个燃烧的梦

李 越

蔓延于一个梦的连天大火
在烧谷物。我们的粮食焦黑。
小麦焦黑。芒果焦黑。哈密瓜焦黑。
围坚硬黑围巾的农妇瘫坐田里
手捧焦黑收成——欲哭无泪。
起于卷发般微云的万里风天苍白。
故乡风起。一个燃烧的梦运行。
此处是长烈火翅膀的大地
上面坐满农民，号啕大哭。
他们哀恸于失火的田里庄稼。
粮食燃烧。小麦燃烧。
芒果燃烧。哈密瓜燃烧。
大地灯火澎湃而无一人扑救。

（原载《诗刊》2016 年 7 月号下半月刊）

简 评：

是梦总会醒的。

不是梦吧，梦话而已。

但如果真的只是梦，就像诗只到语言为止，就好了。可是那些火焰，无数人已经感受到了……

（黄 钺）

甘　肃

李志勇

那些山在甘肃省仍然像波浪一般高低起伏
几辆汽车，虫子般漂浮在浪尖上
所有人都知道努力是无用的
甚至人们撒在地里的种子，也会麻雀群般飞起来
离开这里
中午，甘肃省的远方，天空仍保持着那种蔚蓝
事物只依靠自身闪耀着，远远地看去，仿佛甘肃
也包含了中国

（原载《中国诗歌》2016 年第 10 卷）

简　评：

最后一句，尽得诗之“真传”。

（黄　钺）

午夜之子

李 壮

午夜的街道弥漫一种
智齿般的疼痛
路灯的光咬进去
掉队的影子被拔出

当城市被还原为野猫低语
塑料饭盒的白屑
忽然飘满了哀伤的温柔
颤抖的碎响：这体力透支的老机床
谁恰好带有扳手，请替夜晚
上紧螺丝

此刻，真正将午夜记住的
不是在女人身上下雨的那些
而是替失眠撑伞的人
他们正浑身淋透。你看不到

所有曾建造起路灯的人
是那样深爱着光亮
但更深的渴望在等它熄灭
等待清早，托举着记忆中的名字
终于浮出水来

（原载《诗刊》2016 年 6 月号下半月刊）

简 评：

午夜的街道有很多奇观，或隐或现，一般人只能看到很显在的，那隐匿很深的，你看得到吗？如果能看到，你就是一位诗人了。

（张德明）

白马秘籍

梁　平

白马没了踪影，
一只白色的公鸡，站在屋顶，
高过所有的山。尾羽飘落下来，
斜插在荷叶样的帽檐上，羽毛、羊绒
的轻，卸不下身份的重。
白马藏，与藏、羌把酒，
与任何一个“少数”和睦，
与汉手足，在远山远水的平武，
承袭上古氐的血脉，
称自己为贝。
世外的遥远在咫尺，
一个族群悄无声息的澎湃。
王朗山下的篝火、踢踏的曹盖，
在壁炉前巨大的铜壶里煮沸。
大脚裤旋风扫过荞麦地，
一个来回就有了章节。
黑色绑腿与飞禽走兽拜把子，
一坛咂酒撂倒了刀枪。
封存上千年的原始，
白马的姓氏，
已经不重要了。
白马寨，一面绷紧了的鼓，
白马人的声带，一根细长的弦，
鼓与弦的白马组合一嗓子喊过了山，
成就了音阶上的天籁。
流走的云，山脉交叉的经络
都是自由出入的路。
吊脚楼、土墙板房里的鼾声，
有了天南地北的方言。
撩开雾帐，早起的白马姑娘，
一颦一笑，泼洒疑似混血的惊艳，
花瓣收敛，月光落荒而逃。

（原载《钟山》2016年第6期）

简　评：

一个村寨历史的概要述说，简朴的语言里，有迷人的诗情在其间荡漾。

（张德明）

为什么要活下去

梁文昆

我还有忠诚，它在结婚证里
我还有爱，隔壁睡着我的儿子
我还有未了的心愿——写一首很棒的诗
我还有没见到的人，他住在另一个城市的
一间旧房子里

我会活下去，我爱吃卷心菜
还有酸牛奶，我还想穿更多的棉质裙子

我会活下去，我对自己说：
我能保持身体的清洁也能保持灵魂的自由
我能忍受住孤独，像世上
只有一个人一样

我会活下去。

（原载《星星》2016 年 3 月上旬刊）

简　评：

一个孤独的女人，与儿子，正默默地，相依为命。

一个诗人，一个还幻想着“写一首很棒的诗”的真诗人。

一个守身如玉，早已和世俗和好如初，却准备着“像世上只有一个人一样”活下去的小女子。

那个不管是何种原因，还住在另一个城市的“他”，是否已心有灵犀，且“通”了？

（黄　钺）

风 铃

梁晓明

我喜欢风铃
我喜欢风铃叮叮当当一片空荡的声音
我喜欢风铃左靠右晃屋檐下一种不稳定的身影
我喜欢风铃被斜阳照亮闲暇说话或干脆一言不发
我也喜欢暗中的风铃，门廊下紧张的风铃
宝塔上高挑寂寞
和孩子手中被拎着的风铃

路上的狗，沙漠上难看的骆驼颈项下倔强的风铃
风沙越大，它说话越响
声音是它的命

我喜欢风铃
我喜欢敲打宁静的风铃
坐在孤寂的家里，停下来和岁月相依相伴的风铃

应该听一点声音，应该有一挂风铃
应该有一些眼睛从风铃出发
或者与风铃结伴而行

（原载《绿风》2016 年第 6 期）

简 评：

作者尽量使用平实的语言、语调，表明“应该有一挂风铃”的重要性。就像有些人，笨拙地，干脆留起了长须，或者，剃了个光头。

（黄 钺）

郭里口村

林　雪

我不知道自己与世界大事间
已有多少隔阂
大的无由闻问
小的正好安放
郭里口村——
它是我籍贯外的一块飞地
镶嵌在一小片生活的内里上
被低估的老祖母的故事
在郭里口的土路上升值
那丘陵草屋臆想的大海
总被一块石头吸干
乡愁曾将白洋淀的方言
错认成异国般的他乡
它们是郭里口液态的街巷
任诗歌漂浮的小镇
地图放大比例尺后
可以指认梦游的部分
马车叮当，激活被催眠的行人
三三两两，他们开口说起丰年
雨水。语气里有着淀里古意
表情中有过往的情事
童年跌落牙齿的疼感已经忘怀
为何还有一种突来的阵痛？

摆布水像部落一样进退
他们编织竹子像哲学确立经纬
蹲着像有心事的雁
他们划船、行走习惯走出人字形
他们在一条莫名的路上摇摇摆摆
走着走着就要莫名地飞起来

（原载《诗选刊》2016 年第 9 期）

简　评：

能把一个不起眼的小村子，写得如此情韵款款、意犹未尽，诗人的表达功力可见一斑。

（张德明）

我喜欢这世界衰败的部分

林一木

与全部的世界比起来，我更喜悦于
它衰败的部分
站在曦光里，看光线
穿过深冬的原野，给白杨树枝涂上一层
静默的灰尘，
落叶腐朽，远处，针叶林戴着墨绿色的
陈旧的帽子
河水早已冰封

我不得不被这世界衰败的部分打动
它是一个孀居的妇人
一个，暮年的得道者，她的衰败
是一面衣襟
只是一面衣襟
在它虚弱的怀抱里，你的想法
只占据了一丁点——
你看到自己的无知而噤声
在黄昏，你会看到遍地衰落的黄金

这衰败是另一番生机，一个
灰色公式
接近真理——
生命之书里，你看到所有河流与高山
是同一个宇宙
你看到它演算的内部
四季
不断变幻，成为，一个万花筒
太阳下，你听见孩子发出惊奇的尖叫

（原载《诗歌月刊》2016 年第 3 期）

简　评：

周而复始。

英国诗人雪莱很早就说过了：既然冬天来了，春天还会远吗？

我又一次把它抄到这里。

（黄　钺）

昆明秋天

林子懿

不作游记，不写日记，不晒后现代家底。

鹊鸲是后现代还是飞机是后现代？
马齿苋是后现代还是泰国可乐是后现代？

四川人把辣椒糊糊推到了云南这一桌，是后现代，
还是昆明人把米线连锁到天津是后现代？

中心城区再往边上一点，铺展开工棚和钢铁辎重，
在很多地方，在很多人眼中，
这是后现代。

不管收不收过路费，大象从不取道这里。
遥远的南方，昆明人眼中的南，
厮缠着澜沧江一直向南流去。

当哈尼族的小伙子在家乡湿润的红土坑，
挖出了一枚炮弹，没有炸响。
他很庆幸，并高兴地引来朋友参观。

而千里之外，在昆明，就会产生一次地震。
地震能够让泛着油脂的橡木地板上，多出一小粒烟灰，
也能够使，几乎不见外人的黄槐决明打一哆嗦，
赶紧扔掉攥了一个夏天的黄色的骨朵。

这是云南师范大学呈贡新校区冷寂的一角，
一个诗人注意到了它，但他保持沉默。

（原载《诗林》2016年第2期）

简　评：

何为“后现代”，在现代社会言必称“后现代”，可能就是某种“后现代”。诗人意识到这点，并含蓄地说了出来。

（张德明）

月　光

刘　春

很多年了，我再次看到如此干净月光
在周末的郊区，黑夜亮出了名片
将我照成一尊雕塑
舍不得回房

几个老人在月色中闲聊
关于今年的收成和明春的打算
一个说：杂粮涨价了，明年改种红薯
一个说：橘子价贱，烂在了树上

月光敞亮，年轻人退回大树的阴影
他们低声呢喃，相互依偎
大地在变暖，隐秘的愿望
草一般在心底生长

而屋内，孩子已经熟睡
脸蛋纯洁而稚气
他的父母坐在床沿
其中一个说：过几年，他就该去广东了。

（原载《诗潮》2016 年第 10 期）

简　评：

明亮的月光下，诗人目睹了并不明亮的农村状况、有些灰暗的农民生活处境，有一种难言的痛楚在我们内心燃烧。

（张德明）

青海的尕肉儿

刘大伟

踏上高原，就能看到青海的尕肉儿
用红头巾苫着妙龄。只露出两个大眼睛
里面溢满了清泉，和一枝花的哀怨

从放飞炊烟的那刻起，青海的尕肉儿
就开始忘记自己。她把洋芋炒成丝
让外来的辣椒保持鲜绿，一直辣到心底

她习惯了这样，噙着泪和喜悦
从不同的植物里品出辣，从相同的故事里
听到苦。她略微松开的红头巾
只有一缕风在悄悄赞美

太阳红着，她的脸也红着
青海的尕肉儿，她走到村头
遍地的洋芋花就红了。她拿起针线
一颗遥远的心，就隐隐地疼了

（原载《绿风》2016 年第 6 期）

简　评：

“尕肉儿”是对一个喜欢的人的昵称。

当然，必须是一个柔美的女孩子，才有资格得到。

如果是一个瘦女人，用了无效；如果是一个肥婆，用了恶心。

其他的，好像不需要说什么。但最后的“心痛”，你别想歪了：尕肉儿，她已经长大啦。

（黄　钺）

一个老人

刘建东

深秋是突然降落的阴沉
高原低头于枯瘦
车水马龙的岸边，她睡着了
公路花台不到十厘米的边
是她安静的梦的宽度
但这样的十月，西风紧裹衣襟
所有的梦都应该是有温度的
她一定有个远走他乡的儿子
疲于奔命，久不还家
此刻秋风正凉，恰如他的脚步
她一定有个跋涉戈壁的丈夫
长风吹拂发丝
一定是他从远方寄来的书信
或者她的心底正压着一根火柴
正凿开一面黑
我带着我的凉意走过她的时候
多想轻轻将她唤醒
就像告诉我孤独的妈妈——天凉了
但她脸上正露出一丝浅浅的微笑
我又怎么忍心打扰
一个正偷吃蜂蜜的人。

（原载《星星》2016 年 9 月上旬刊）

简　评：

最后的那个比喻，成功到差点让我以为那个老人是一个“贼”……

（黄　钺）

小　满

刘洁岷

很有些树叶般的掌声
在婚礼的那一天

一个隐婚的女子坐在哪儿？那么多
伤心的旅店又在扩建

一个女人对一个男人提出的问题
将会在其他的女人那儿得到答案吗

她和她们在老槐树荫下谈着
交谈着直到夜色降临

（原载《中国诗歌》2016 年第 2 卷）

简　评：

“四月中，小满者，物致于此小得盈满。”小满是雨水多的时节，也是农忙还没完全到来的日子，此时的农人们便有了坐下来闲聊的时间。她们主要谈的是婚姻，是感情，仿佛在谈别人，或许也在谈自己吧？这样的情景在中国的大小农村，随处可见，诗意的普遍性，在这首诗中得到了落实。

（张德明）

短　发

刘龙平

齐过耳际的短发
飘逸着不落痕迹的暗香
我看出一个女人今天的好心情
像一尾水蛇藏不住尾巴

一阵莫名的战栗
像子弹快速地穿过我的胸膛
那不是恐惧，也不是爱情
是与生俱来的心动

在美发大爆炸的当今时代
那么多的美，让我无法甄别真伪
反倒是一个素颜短发的女人
让我的心动死灰复燃

（原载《绿风》2016 年第 1 期）

简　评：

这是一首“小”诗，不是指体积的小。

但这首诗中有三个大词，当然，也不是指体积的大。

“水蛇”之生动，“子弹”之金属感，“大爆炸”之眩目。哦，一头小小的“素颜短发”，就这样，让诗作充满了张力。

（黄　钺）

下午的庭院

刘起伦

无须多大地盘，庭院能接住
天空这面巨大斜坡倾泻下来的阳光
与之相反，树木想逃离大地
试着飞了飞，却是徒劳
连死亡都带不走懒惰的浓荫
总有一些人不劳而获，却拥有天下财富
比树荫还懒的是那只看家狗
它的下午梦已经绿了一大片草地
它甚至梦见地平线那遥远的威严
是啊，刚刚经历一个漫长的雨季
很多事物都发霉了。如果某个人的记忆
开始在一个生锈大脑里活泛
那也是温和且秘而不宣的事情
这便是我见到的下午的庭院
大门紧闭，如一副熟视无睹的面孔
四周石块砌成的围墙倒有几分生动
但显得比永恒更有耐心
让我猜不透它心灵的隐语行话
或许，它抱有的信念是
时间既不说话，我又何必开口

（原载《诗刊》2016 年 9 月号上半月刊）

简　评：

描写一个特定时间里的特定空间，或者说特定空间里的特定时间，这是很多诗歌的建构秘诀。此诗结尾云：“时间既不说话，我又何必开口”，让人记起陶渊明的诗句“此中有真意，欲辨已忘言”。

（张德明）

原谅我的疼痛

刘倩儿

粘在你额角的一片白雪花
带给你关于我
关于这个冬天的消息
我从远方赶来，风尘仆仆
乡邻们已经温好了酒

我是一路唱着歌而来
有人说你不食人间烟火
有人说我仙子落入凡间
风筝飞满天的时节
你还是一些安静的草籽
在泥土中做一个又一个
青山绿水的梦

而尘世辽阔，千回百转
稻草人，亲爱的我的稻草人
而我此刻
站在你的面前，轻轻
把你触摸，原谅我
对你，我竟不敢说出疼痛

（原载《绿风》2016 年第 3 期）

简　评：

日久生情。情即生爱。有爱，一个稻草人，也因此拥有了生命。
对一个有生命的稻草人，我们也怕，怕它疼痛。
我们生命中的不美好，你也可以，不传染到它的身上……

（黄　钺）

每一朵花都孤独

刘术香

从第一朵花开放，
别的花像着了魔似的，
次第绽放，该三月开的，
绝不等到四月，
说四月开的，三月不会绽开。

有秩序、有规矩的花，
在低处，在高处，
有人的地方，无人的地方，
一朵接着一朵，
挥挥手，擦擦肩，
各开各的，没有谁踩着谁，
没有谁压着谁，
快快乐乐，面向天空，
或向着别处，
无忧无虑地开。
芬芳袅袅升腾，
凝成雨露，汇成小溪，
流过峡谷，流进田间。
一畦畦，一垄垄，
叮叮咚咚的甜，
哗啦哗啦的甜——
旷世之甜，春天辽阔。

而一朵花是一朵花的味道，
一朵花是一朵花的光泽。
春光背后，是每一朵花的孤独。

（原载《绿风》2016年第2期）

简　评：

我常常疑惑，世上的每一朵花，是否对应着每一个人呢？花开花谢，人生人灭，原本是同一的道理。人的孤独和花朵的孤独，是否又有同样的精神内涵呢？

（张德明）

我羡慕那棵树

刘　苏

它露出的骨头
多么美丽。
它露出的骨头开满了花
多么美丽。
我也有骨头，可我不敢
露在外面。
我的骨头里，藏着一粒粒种子，它连发芽
都不敢，更别提开放。
所以我羡慕那棵树，羡慕它的
无耻，甜蜜，以及坦荡。

（原载《中国诗歌》2016 年第 5 卷）

简　评：

有的树奇特，受伤的地方愈合后，那萌样能把你羡慕死，大多数还能从中，开枝发芽。

甚至开出花朵。

司空见惯之下，却没几人能够察觉，其中还藏着一首极佳的诗。

当然，你得和它，对上暗号，你得适合，那种情调，你得先天，与众不同。

（黄　钺）

在滦州

刘西英

曾经驾临过多少封建帝王
这不是我所关心的
因为爱江山也爱美人的帝王
都不止在一个地方留下印记

曾经创造过多少中国第一
也不是我所关注的
因为天下兴亡匹夫有责的古语
都不止让一代儿女励精图治

在滦州的桨声灯影里
我只关注两个女人
一个居庙堂之高能安邦治国
一个处江湖之远敢伸张正义

虽然戏剧已经把她们演绎
皮影里也有她们的故事
但我还是希望
萧燕燕不仅仅是一页历史
杨三姐也不仅仅是一段传奇

（原载《诗选刊》2016 年第 7 期）

简　评：

滦州，位于河北唐山，地处燕山南麓滦河西岸，中国的评剧、皮影艺术诞生地。

这首诗写得干脆利落，大有一个女将的风范，虽然诗歌忌直讳白，但老是文绉绉也好像不是个事儿。

且投她一票！

（黄　钺）

化　蝶

刘向东

蝶因心动而动
翩翩复翩翩
脉脉情人全是庄周

而不是谁都能脱胎换骨
千年等一回
任二胡独奏，提琴协奏

谛听到白头
两只蝶儿落下来
不在左手，就在右手

（原载《诗潮》2016 年第 9 期）

简　评：

《梁祝》的乐音已深入中国听众的骨髓，这将民间传奇改换成音符而奏响的乐段，仍然令听者动容，并会随之而想入非非。由此，关于它的诗歌也不少。该诗也是，这是诗人理解到的《梁祝》情味。最后一节将理想现实化，尤有深意。

（张德明）

桃花园记

刘阳鹤

摘两三朵，除去安然的
尘嚣。四散纷飞，无所谓“零落成泥
碾作尘”。我们漫步，在桃树中央
择取初绽的花朵数只，像阳光下碎成几瓣的
桃色投影。显然，这里有你明媚的
姿容，还有奕然的神采，在你的游移间
堪比雨后的虹桥，承载着人世的
沉沦之道。所谓的红尘，奈何不了我们
内心的充盈。谁若看破，谁就将暴露出虚空
要是累了，我们可以躺下来
小憩片刻，借遥远的目光，瞧空中低徊的
比翼鸟，再一同望那头顶高悬的
连理枝。此外，均为屏障，比如我们相隔的
尽是现实主义的冷凝器——并非抱怨你
总在速写它，这令我道不明：我们
究竟能否跨过如此潦草的工程，向爱
逼近，向我们神往的此刻，献出应有的勾勒
后来，我们横穿纷扰的垃圾场，谈及
美的追求，不及爱的辩护词。

（原载《诗林》2016 年第 2 期）

简　评：

桃花绚烂照眼，桃花园集聚了世间的红艳与芳华，这就给诗人的创作带来了无数的冲动。诗歌不是对现实的录写，而是经由外在而书写内心，《桃花园记》呈现的正是诗人主体的生命世界。

（张德明）

夜　晚

柳　沄

农历五月七日的夜晚
独自一人的夜晚
或者是，我和自己
坐在一起的夜晚

不声不响的夜晚
笔和文字的夜晚
钟摆死死地拽着
那根时间的老藤
从此涧，荡向
彼涧的夜晚

越来越空荡的夜晚
只剩下一支香烟的夜晚
我拿起打火机
火苗一下子
蹿进内心的夜晚

始终不见月亮出来
没有了月亮，仿佛
没有了灵魂的夜晚
在树影轻轻晃动的地方
一个跟我一样的人，一直
走到天亮的夜晚

（原载《诗潮》2016 年第 5 期）

简　评：

如果夜晚是一座矿，从那个窟窿中，作者挖出了不少矿石。但他好像一直忙于挖，而忘记了为什么挖。

（黄　钺）

香樟树下

龙红年

一齐弯着腰，低着头
如极易折断的三根朽木
她们一路拍打着脚踝、小腿、膝盖和臀部
幻想将人生再走一次
噼啪噼啪，噼啪噼啪
看得见疼痛
纷纷掉落

命里的那个人走了，她们
一下子空下来
甚至连对人的牵挂都已显多余
将自己老年的影子一再压缩
三位陌生人走到一起
在小区，在香樟树下，每天
她们做保健操，小声说话
专个拍打着相同的疾病

下午六点的夕光下，香樟树
将影子拉长，拉长
轻轻抱着三位年过八旬的
老孩子

（原载《绿风》2016 年第 5 期）

简　评：

老了，八旬是她们露在外面给我们看的符号。
其实，她们都已悄悄地，返老还童……
诗的最后一句，仅仅三个字，却被作者巧妙地做了三个人名字的总和。

（黄　钺）

折 痕

龙 青

一个小女孩在对街卖花
女孩脸白，对比这白
四周围的事物显得模糊
路边的小饭堂走出来一群人
开着的门内似乎飘出食物的气味
天色更黑了
他清楚地看到她吞了下口水
那么清楚。隔着一条马路
几辆各奔前程的车子
与行色匆匆的人们

他被这细微的嚅动
狠狠地钉在地面
在举步与天色的双重遗忘中
动弹不得。绿灯了
放下冲过去买花的念头后
他的双腿终于可以跨步行走

对街什么都没有。
醒来的时候
他膝上放着一本书
他的手，重重地
落在其中一页的折痕上

（原载《草堂》2016年第2期）

简 评：

龙青是台湾优秀诗人，其诗以思路敏捷、情感细腻著称。写的是幻觉，还是一种实情呢？恐怕无从得知，诗歌之美就在于其模糊性。不过，那男孩心中流淌的某种深情和爱意却是清晰可见的。

（张德明）

石头和水

卢卫平

那年我七岁，在池塘里打水漂
石头为了自己走得更远
不停地划伤水，石头嚯嚯的声响里

有水的疼痛。石头沉没了
水面上只留下一圈圈叹息
我性格中的柔软从这叹息里开始

上学路上，要经过一条小河
枯水季节，河里的石头比水多
我光着脚，走在这些石头上

光滑，圆润，没有划伤的危险
从山上流下来的水在暗中费了多少心血
才把石头教育得这么温顺

我一直怀疑我的世故跟这些石头有关
上地理课后，这条叫倒水河的小河
流到了长江。我也跟着它到了省城

在长江边上，我一次次试着将一块块石头
从北岸投掷到南岸。我扔出的石头在中途落水
我人生的许多失败都是这些石头落水溅起的回声

此刻，我放下鱼竿，坐在海边
看见大海开出的花朵在瞬间凋谢
看见即将分离的人说着海枯石烂

我微微一笑，像夕阳消逝前在海面闪烁
再过一会儿，大海就会退潮
我会在海滩上拾捡到大海给我的贝壳

但我起身走了，多少年过去了
我已不再纠缠于水落石出

时间堆积的淤泥下无数失去棱角的石头无疾而终

（原载《诗刊》2016 年 11 月号上半月刊）

简　评：

石头的棱角，让他学到了柔软；石头的圆滑，让他学到了世故。但多年之后这些单纯的小技巧似乎都是无用的。

人生的大海之下，淤积的泥沙，最终会将它们掩盖……

（黄　钺）

源　头

芦苇岸

鸟鸣被雨打湿后，山和云就不分彼此
清江和我也就走得近了
那么平静，那么激动，每个拐弯都很漂亮
那些丛生的荆棘，把妖娆留了下来
也把落英、腐叶和蝉声留了下来
我远远看着，她的孤独也很美
仿佛我眼里的泪水，除了我自己知道它
存在的轻重，知道它的饱满与盈动
不会有人看得见。这些年，它被我藏得很深
只有坐船行驶在江面上
空中飘下的雨滴，才会把它悄悄带走
我怎会怀疑它不是浪花的一部分
近旁的唐旭和晓燕，身体里有清江的响动
那一土碗一土碗的苞谷酒
不断注入他们血液的火焰，也燃起我的激情
拥抱一条高原河流，在武陵山脉腹地
亘古流淌的河流，像拥抱着的兄弟姐妹
他们是默默的地下河，把清江引出崇山峻岭
然后再把我引回来，钻过黑暗的洞穴
回到岸上，回到先祖踩过的石板路
我是漂浮的尘埃，一滴山雨足以让我安静
我静下来，听吊脚楼的讲述
族人的诗文，给我留下
那些坚硬的、柔软的、刺猬一样的光阴

（原载《诗歌月刊》2016年第9期）

简　评：

河流的源头和民族的源头在诗中交汇，一种浓烈的深情令我们心潮起伏。

（张德明）

月　夜

鲁　丹

会龙山一直在囤积月光，
并且越堆越高，
有些旧月光，
都已经蒙上了青苔，
甚至生出草木。

而资水，则忙于搬运，
有时搬得太快，
露出了河滩，
鱼在更低处的水草里聊天，
散布的卵石，正模仿赋闲的词语。

（原载《诗刊》2016 年 5 月号下半月刊）

简　评：

“恶人先告状”。

（黄　钺）

自　在

鲁　娟

一只羚羊贴在岩边
睡着了，悠然自得
一簇野花怒放扎人的
光芒，浑然不知
一块石头在它的国度
安静中秘密沸腾
如果一个孩子愿意
他随时可以跳跃成
这污浊尘世里任意一团雪

（原载《星星》2016 年 11 月上旬刊）

简　评：

五个数量词凑在一块，巧妙结构成一首诗，自由“自在”又不乏诗意。

（张德明）

小凉山很小

鲁若迪基

小凉山很小
只有我的眼睛那么大
我闭上眼
它就天黑了

小凉山很小
只有我的声音那么大
刚好可以翻过山
应答母亲的呼唤

小凉山很小
只有针眼那么大
我的诗常常穿过它
缝补一件件母亲的衣裳

小凉山很小
只有我的拇指那么大
在外的时候
我总是把它竖在别人的眼前

（原载《诗潮》2016 年第 8 期）

简　评：

以小喻大，最后，果然最大。

（黄　钺）

途　中

鲁绪刚

我把前额贴在车窗上
我看见了一只山鹰，它巨大的翅膀
时而展开时而收拢
我需要这样自由的飞翔
之前，我在本子上画过鸟，画过风筝
画过蓝天和云朵
不过更多时候，我怀疑天空是虚无的
翅膀是脆弱的，承担不了风暴
只有钢筋、水泥，是我们活着的空间
汽车正在爬坡，一些人倾斜着身子
一些人摊开身体，昏昏欲睡
一些人为一个话题争论不休，两个老人
则旁若无人地手拉着手
如同他们的一生，从来没有放弃对方
生命在既定的道路上奔跑
我不去预测未来，也从不轻视现实
谁也阻挡不了突然而至的灾难，就像此刻
我无法穿透眼前的玻璃
无法像山鹰一样，淋漓尽致地演绎
各种飞翔姿势。拐弯处，汽车剧烈颠簸
谁能对生活一直保持平静

（原载《诗林》2016 年第 6 期）

简　评：

有现实的关注，有哲理的玄思，对人生倾注了一份理解与回味。一首诗能写出这些，也就够了。

（张德明）

桃花扇

陆　渔

侯朝宗堂堂明末四公子
却耐不住寂寞，降了清
从此，无人再读《朋党论》

做媒人的阮胖子最倒霉
桐城不要，怀宁不收
燕子笺，只好任北风吹走

到后来，又是国破山河在
李香君为大明朝的青楼
守了最后一次贞操

（原载《诗选刊》2016 年第 10 期）

简　评：
古代历史的现代重释，释放出了新意。

（张德明）

生祠镇的春天

路　也

这个阴天的下午，我走到了生祠镇的背面
一个孤独的背影
支撑八百多年前的朝野
他在一首苍茫的词里吃着虚拟的庆功宴
这个下午，云还在八百年前的位置
春风吹着一只闲逛的狗，它与庙宇达成默契
它有着宋朝的眉眼

而生祠镇的正面是鲜亮的
河道纵横，没有来路，只有去路
通向水边的台阶，一个年老的洗衣妇捶打着命运
木船运载虚无，吃水颇深
油菜花巨浪滚滚，没有标点，随地势起伏
光芒在瞬间照亮了一生
铅笔素描的水杉还没有绿，一排排单腿站立
围绕着白墙黑瓦
木门扉上的红对联把时光映衬得
黯淡下来

我准备上船时
一支出殡的队伍正走过田野
唢呐声刚刚停下，雨点就落下来了
天空那么高，道路那么远
死去的人将独自安居在开花的蚕豆田

（原载《扬子江诗刊》2016年第3期）

简　评：

生祠镇也许子虚乌有，就像她的《江心洲》一样。但诗歌恰恰是无中生有的事业，瞧瞧，这次我们又信了。

用棒捶打着命运的老妇，吃水很深的木船，不懂得停顿的油菜花地，像铅笔画一般还缺乏色彩的水杉……为了更像样点，最后，还搞出了一支出殡的队伍（和平时代的乡村，不适合拉出一支游击队），那喧天的唢呐声，只要有耳朵，你不信也得信。

（黄　钺）

凉　风

路　云

在点点身上嗅到一种失败的味道，
它刚好伸开半个懒腰，
睫毛在空调扇页微微上扬的暖风中摆动。
关掉电视，雪花从屏幕上窜出，
空气明显好转，对面的麓山，
有人正在爬上去，我爬过多年，
没碰上你一次，不影响此刻下楼。
与以前的冲动不同，现在是一种习惯，
在山顶上，喝完一杯温水，
空杯子就会撮口吹动山巅的凉风，
它及时到来，扶正我的衣领。
她在，丝毫未变，我竖起双耳，
消失在左右两边不同方向的人流中，
总有一只狗扑向另一只狗，
在惊呼中掀开头顶上空的云朵。
无人在意，它们彼此渴望的是什么，
没有陌生，没有陈见，没有怯懦，
一股猛力被完好的链条拉回，
在尾巴上轻轻晃动，我对点点的愧疚感，
被一声呵斥打断。它牵住我，
对着一块巨石狂吠，时间的舌苔上，
长满绿色的颗粒。一阵凉风在山脚下，
把我从地摊边拉开，老人飞快削着荸荠，
两眼裸露出雪白的光芒。

（原载《诗潮》2016 年第 9 期）

简　评：

凉风，凉风，它吹动了我们的生活。

（张德明）

逆光与反景

罗逢春

一只蜘蛛日益信赖它银白的网。
整日在角落里描绘又试图穿越
形制精巧的八卦的迷宫。
在空气里捕捞，用竹篮打水
或守株待兔，以不变应万变
以静制动，需要保持极强的
弹性和韧劲。有时翻筋斗
在风里荡秋千，像落水者抓住
救命的稻草，或飞虫挣扎着试图逃离。

到了深秋，世界陡然安静
像一块石头落向谷底。

它赫然成了唯一的猎物。

当目击者置身于语言之寺庙
明亮的殿堂，当一个小公务员
受困于五面白墙
和白地砖反射的日光灯
当黑字落在白纸上，
一场海难的
幸存者，被一一捞起
被告接受质询
谜底先于谜面成形又被谜面围困。

明亮的陷阱让人目眩。
啊，当心

你那被不断开垦的唯一的命运！

（原载《山花》2016 年第 6 期上）

简　评：

蜘蛛是一个怪物，来历不明，身份不明。
它的手艺，让我们望尘莫及。
它没有翅膀。
却飞越了不可思议的宽度或深度。
仅此，就值得写上一篇宏文。
而这首诗，还继续深入……

（黄　钺）

积雪的群山

罗霄山

最后我们都走失在，密林尽头的
岔道口。只不过距离积雪的群山
很近了。一生中，偶尔有明确的目标
不可或缺，但我不打算去攀援

积雪让风电机叶片无力转动
就像负重的生活
而群山哑默，惯于隔岸观火的伎俩
我们也以围观为乐，有时围观自己。

驱赶着内心的羊群去接近群山
需要掀开覆盖其上的积雪
才能找到昭示命运的枯草
我们呵着双手，谦卑而熟悉行乞的技艺。

我始终不能爬上去，积雪
在脚下悲泣，群山的褶皱更适宜
隐居，后撤是一种有效的策略。
积雪盛大，对世界侵犯得太多。

我作为一个支点，撬动群山堵在
心口，纷纷掉落的积雪，极力
掩盖，消弭的纷争和巨大的悲伤。

（原载《山花》2016 年第 3 期上）

简　评：

诗歌彰显了存在主义之思。

（张德明）

丘　陵

罗兴坤

我家乡有着微微隆起的丘陵
怀孕我的母亲有微微隆起的丘陵
所以我童年的梦微微隆起，像埋在土里的石头
沉默，贫瘠，悲慈
雨水流向沟汊，沃土铺向谷底，我的生命
至今没有长出黄金和稻谷

所以百年以后，当我回到故里
你们不要把我的坟墓建得高大
像我一颗谨慎卑微的心，深藏在故乡的胸骨里
微微隆起

（原载《诗选刊》2016年第11~12期合刊）

简　评：

也算是替“丘陵”，找到了另一个“出处”。

（黄　钺）

苍　蝇

洛　夫

一只苍蝇
绕室乱飞
偶尔停在壁钟的某个数字上
时间在走
它不走
它是时间以外的东西
最难抓住的东西
我蹑足追去，它又飞了

栖息在一面白色的粉墙上
搓搓手，搓搓脚
警戒的复眼，近乎深蓝
睥睨我这虚幻的存在
扬起掌
我悄悄向它逼近
搓搓手，搓搓脚
它肯定渴望一杯下午茶
它的呼吸
深深牵引着宇宙的呼吸
搓搓手，搓……
我冷不防猛力拍了下去
嗡的一声
又从指缝间飞走了

而，墙上我那碎裂沾血的影子
急速滑落

（原载《诗潮》2016 年第 9 期）

简　评：

“它是时间以外的东西”，仅此一句，洛夫就给苍蝇定了形。细节决定成败。把细节扩大来写，也不失为一条妙计。

（黄　钺）

忘年老友

吕 达

现在，我们无须躺卧在同一片天空下也可以知晓彼此
景况犹如客西马尼之夜
我们不再试图避开尘世之花
各自重新长出舌头与赞美
流水与山脉，一切皆是美好心意的陈明
而不再是不能和好的哀愁

我们忘记孤独的白发与度过的暗昧像忘记彼此一样自然
提起彼此又像拐杖握在手中，手便成为这植物枯死多年的一部分
我们不再爱别人而成为爱情本身掉落的羽毛还时而闪闪发光
仿佛遥远童年河岸的回声
夏日再也称不上盛大，因为我们荒芜的次数太多
但湖边绿柳依然，湖水倒映我俩的影子
我感觉它深深地爱上了我们
像那对野鸭深深地爱着对方

（原载《诗歌月刊》2016年第9期）

简 评：

两个人交往到什么程度，友谊究竟有多深，彼此的了解究竟有多透彻，才算“忘年老友”呢？读读这首诗吧，你可能就找到了确切的答案。

（张德明）

一棵树

吕德安

想想，一棵树
令人晕眩，令树叶落地
中间满是空缺

哟，想想那里，一个冒失鬼
终于伸手抓住了它
叫那蓄满一天的雨

尽数洒落，毫不吝啬
想想，这场固执的雨
正在逐渐变得稀薄

而树仍在摇晃，在自己融化
先是一块，不到巴掌大
就像乌鸦嘴里的那块肉

然后是一棵树的雪崩
和一天的遗忘——可他
从来没想这么多

他还在望着那空缺
像丢了东西，那东西
快乐又茂密，像谎言

（原载《扬子江诗刊》2016 年第 6 期）

简　评：

诗中所言的树中的“空缺”，令人玩味，暗自透射出道家有关“无用之用”的玄思感。

（张德明）

墓园记事

马骥文

我们不过是一个个光点
——奥克塔维奥·帕斯《四重奏》

上

在西北部的中国，日光迷离
无数的松柏与荒草，在风中如灯火般摇曳
十一月，悼念的人纷纷从湿软的泥土里长出
微小，如灰白的蘑菇
他们手中布满银色的根须，带着新生的哀痛
云层下，河流与山谷的佛窟渐渐远去、冰冷
我们攀上那道漫长的石阶，看见他们跪立在
比草丛更茂密的石碑之间，援引一本古老的诗集生活
在移动的雪景下，发出无数微弱的呐喊

中

空旷、寂静
凭借一副生命之桨，我们渡至此地，加入进来
变为这条来自远古的链条中最渺小的一环
喜鹊如彗星从头顶掠过，带着疼痛的爱意
如若无人再次回忆，一些事物是否就此与我们永别？
（这真遗憾，如快熄灭的火种痴迷于闪烁的瞬间）
我只想走入更深处，沿着小径去发现更多的
细节：亡故的，词语的，已冰冻成结晶状的细节
在绝望的冬天
我们从寒意的裹袭中感受到彼此递送的温暖
“它把我们抬升到我们之上”
并在最隐蔽之处打开了一扇门
远与近、无形与有形、可知与不可知的
统统都冲散出来，形成一道轻盈的亮光
投射在此地无数的卵石和雨滴之内

下

除此，我们只有沉默：巨大、炽热
像一股穿透银河系的力量，在墓地的中央
聚合为一种无法捉摸的情绪
它使我们形成三副扇形的镜面，相互重叠又对照
以此寻找那道最终的天堂之门
云雾弥散之际，我们终于走下雾中的山峁
去契合蠕动的人群
他们穿行于清冷的集市
用缓慢、温和的语调说着憨厚的笑话
而他们背后，一种伟大的力量在有序运转
就像新生的冬天、手掌和露珠

（原载《诗刊》2016年9月号下半月刊）

简　评：

直视死亡，回望生命，总是有一种令人喘不过气来的滞重感。另，诗歌以“上”“中”“下”来隆重地将三节分化开，是不是为了有意制造一种紧张的气氛呢？

（张德明）

献　辞

马　嘶

光照进来，我们身体里就有了新年
形如顽石，意如陀螺

在帕辛寺，微风吹过佛的手，吹过光的腰
又吹向草木，如同吹向贴地而行的我

僧人在墙根投下的身影，若隐若现
点香火的人，都有一颗飞翔的灵魂

飞机上读小文，眼眶不湿，喉咙发硬
已奔不惑之年，拜不拜佛，我都拥有菩萨之心

（原载《星星》2016 年 11 月上旬刊）

简　评：

此中有佛意，欲辨已忘言。

（张德明）

我想擦一擦父母头上的雪

马晓康

二十三年　我才注意到
躲藏在父母鬓角里的冬天
这是违反季节常识的现象
它忘了随着自然去轮回泯灭
为了寻找放逐它的方法
我只好把记忆倒回七年前——
年龄不足十五岁的那段时间
他们的音容没有改变
只是不经意时　没有躲开
雪花撒满的人间
父亲的冬天在牢房
卖万卷书行万里路也迈不出的墙
下到三米的房间里　除了鹅毛只有铁窗
母亲的冬天在旅馆
史书和病体只能用电话来记录
她最牵挂的两个男人　一个看不见　一个
够不着
我不知道自己算什么
我时常羡慕别人的棉衣
却不知道他们的肉体拼命榨取着谁的温度
世界更冷了
还好　我不愧对良心
请再赐给我一点儿力量　一点儿就好
让我咬断这一身镣铐
再次举起双手
擦一擦　父母头上的雪……

（原载《绿风》2016 年第 5 期）

简　评：

“她最牵挂的两个男人，一个看不见，一个够不着”，父亲坐牢了，儿子还小……而“让我咬断这一身镣铐”是真的“镣铐”还是生活的羁绊？

我看了又看，幸好里面还有一句：“我不愧对良心。”

（黄　钺）

周家庄乡的果树林

马新朝

远的，近的，是周家庄的果树林
一千亩、一万亩的果树林，热烈得像一个节日
农民们的日子、愿望、历史
用果树的形式摇晃着

在周家庄，果树林与我说话
一千亩、一万亩的果树林，聚集在一起
它们的话语满满的，像他们的带头人雷金河
话语里充满坚定、自信

在周家庄，这些梨树、苹果树、桃树、杏树
从风风雨雨中走来，从集体的道路上走来
它们一起用力，撬动了时间和财富
像果树林欢笑着滚向远方

（原载《诗选刊》2016 年第 7 期）

简　评：

诗歌如何切入当下？如何接地气？
这首诗，似乎可作样板。

（黄　钺）

在沪蓉高速公路

毛　子

一辆长途大巴上，我把自己
塞进耳机里

一个沙哑的女声优，在读
一首外国诗
诗中回忆少年时，他离开出生的小城
搭上一艘蒸汽轮船
去了远方。但多年后
他开始怀念码头上
挥手的人

当你从太空中朝下打量
你能看见，公路上
快速移动的我
但你看不到那段朗读，那首诗歌
它们也在移动，也随大巴拐过弯道
进入又穿过
一个又一个隧洞

真的很奇妙。狭小的车厢里
循环着一个更大的空间，更大的存在
就像中途下车的人
带走了另一种生活
就像物理学家所说：在宇宙之外
还有平行的宇宙

（原载《诗刊》2016 年 5 月号上半月刊）

简　评：

诗与物理相隔似乎不止万里。

从结论看，诗人似乎在揭示一种发现，或哲理，其外表也似乎干硬而宏大，但其内在部分，却如流动的熔岩，随着微小如耳机线一样的管道，流走了。

（黄　钺）

猪肉之歌

梅　驿

这么黑的路只有你见过，你每年都从岳母豢养的
乡下来，两条腿留在梦中的故乡，另两条腿飘出红爆肘花的
香味。空气里遍布淤泥，麦苗们集体溜出你的草包
肚子。你的前面是个走漏风声的女人
她有一车的稻草和干瓦
“难道只有你代表幸福？虽然你面目狰狞，但你占的位置
和我的儿子相同。”

你的再前面是个摩托车手，他的正襟危坐说明
他怕痒。生活总像一双要胳肢他的手
“事实上，每年都有数不清的根须从生活的腋窝里
长出来，引你发笑，让你倍感孤独。”

你的最前面是那个叫年的囤积物，你的厚脊梁刚够把它
腌住，据说白菜使它晶莹，灯笼使它易碎，儿子使它一节节
缩短，而你是个可爱的现实主义者，使它充满火烧火燎的
幸福……

（原载《诗选刊》2016 年第 7 期）

简　评：

哈哈，猪肉之歌，在滑稽的生活场景中唱响。你听到了某些哀调吗？
两个戏剧化独白，耐人寻味。

（张德明）

伯纳姆海滩

梦　也

连我自己都觉得奇怪：为什么在我
略感迷惘的时候
脑海中总会徐徐打开一幅画面
辽阔的伯纳姆海滩——

暴风雨之后，太阳穿过厚厚的云层
压向两个向前走动的弯曲人影
一个人的手里
提着一只装鱼的空桶

这其中的一个是我吗
走在前面的提着空桶的那个
他随随便便的样子像我

为什么不能呢
我的意识穿越时空
很轻松地进入了麦卡林的摄影
进入了他的光圈一闪之后的
黑白世界

伯纳姆海滩——不是为人的眼睛创造的
它是暴风雨上演的舞台
辽阔的太阳的祭坛
带着咸味海风的墓园

他会是我吗？会的
那个被我从画面上替换了的人
提着空桶
正准备出海——
向刚刚平静下来的深渊般的大海
索取一点血肉

（原载《绿风》2016 年第 2 期）

简　评：

这显然是一幅题图之类的作品。被题之人：麦卡林。图类：摄影。

对着一幅摄影作品，灵魂出窍，是诗人常有的事。

而接着这幅摄影作品，才会幻化成一幅油画，浓墨重彩的油画。气息沉闷，暴风雨刚走，云层依然厚重，太阳好不容易穿过……

作者还加入了时空替换术，让自己不需任何证件，便挤进了一幅外国摄影作品之中，并用一个诗人敏锐的触觉，亲身“享受”了一顿精神上的大餐：向刚刚平静下来的深渊的大海，索取一点儿血肉。

（黄　钺）

黑白画

米绿意

松开蝴蝶结。一个演员
终于，让虚伪的热情冷却。

灯光从身后照过来，
在前方投下白天巨大的影子。
以及零落之星，提醒

从普遍性里取回身体。
她感到肉体结实的自我，感到
那个自我咽下了
想说的什么。

时光继续造花朵，流水
食害虫的鸟，
在黑色庞大的海和宇宙。
“小松鼠头发里藏着浓郁的果香。”

她写道。后来，她趴在书桌上睡着了。
我就这么站在一旁
看她：从妹妹，成为姐姐，母亲。

（原载《中国诗歌》2016年第3卷）

简　评：

每一种画都有其限制与优点，如木刻，如水彩，如油画，如中国画。

每个人似乎都有种职业，这首诗以一个演员为例。

写法却是木刻的。凸起的部分成了可见的黑色，看不见的部分，却成为虚无，被时间汽化了……

（黄　钺）

我在大雨之前出走

洺 雁

听说雨季要来
你开始积攒云层和山风
我还有一些没用完的焦躁
那就给来临添一鞭紧张
隔岸的柳松开我骨头里的风
留一些愿望吧去放飞长裙上所有的蝶
仿佛放任我的逃窜
他需要我的罪行圆满功德

我们互相交换黑夜
用隐秘堆起一个个黎明
你迷恋我，一个走卒魔性的部分
请将我撕裂，用火焰对待黑暗的方式
那么多的文字相拥而来为错误正名
我只是一汪局促的水
被午夜的桃花围困
泛起的回忆堵死所有的退路
我退到刀锋，以疤痕的名义
在身体里辨认远方和风暴
赶在闪电之前离开
带走我们最后的完整

（原载《山花》2016 年第 5 期上）

简　评：

这是自然的雨季，也是身体里的大雨。诗人在身体里辨认远方和风暴，才找到了蓬勃的诗情。

（张德明）

大　雪

莫　非

小雪的节气大雪来庆祝
冬天已然抵达
杨柳还是不舍

而松树和松针都松开了
雪的气息
囊括一切细节

银杏沉没在雪地上
整棵树一直都在摇晃
整棵树都吓坏了

结果一个个裂开
还带着明朝的气息
金子一样扑面而来的叶子

归拢在屋檐下
梓树和楸树在不远处
互相打扫

雪的访问那么突然
河水好像忘了
应该结冰的日期

蜡梅的叶子那么精神
冬天的羽翼抖动了
大地收到的命令

让一条路那么辽阔
时光也跟着回去
初衷一样的雪

落在湖上听不见任何声响

（原载《诗刊》2016 年 5 月号上半月刊）

简　评：

迷人的大雪，有别样的风采。

这莹洁的精灵，给人多少美的回味。

她翩然的舞姿，显得仪态万方。

轻盈的体形，符合美的想象。

这首诗中的动词格外富有表现力，“庆祝”“抵达”“不舍”“松开”“沉没”“裂开”“抖动”等，将瑞雪纷扬下的世界奇观做了精彩的展示。

（张德明）

你路过我的身体

莫小闲

在早先你骑马
后来你坐火车
现在你搭飞机
变换各种交通工具
只是从我的身体路过
有时你是白天
有时你是夜晚
有时你是一阵风
有时你是一场雨
而昨夜，你是西藏
茫茫的雪
不能再写下去了
大雪消融成了泪水
身体的河溃不成军

（原载《诗歌月刊》2016 年第 3 期）

简　评：

这样的“身体”让人想入非非，这样的“路过”也是别有意味。

（张德明）

铜　鼓

南　飞

鼓壁有龙凤，有裸奔的夸父和嫦娥
有用母语吆喝的牧羊人，与神灵对话的
寂寞夜行的更夫。我用目光触摸着
古朴和神圣，灵魂被雷鸣震撼
被近在咫尺的铜月亮照耀

曾经跪在鼓声里祈雨的女子呀
谁还记得她们眼睛里的渴盼与忧伤
曾经狠命擂鼓的汉子呀
为啥他的头颅滚落成带血的铜鼓
滚落成大野猎猎焚烧的夕阳

请不要擦去铜鼓上的斑斑绿锈
那些若隐若现的伤痕，和我们
内心的伤痕一样真实，一样代表着
沉默和疼痛。而我们还会抱着鼓声
啜泣和做梦。那些被鼓声敲开的花朵
就是我们生动的笑容

（原载《绿风》2016 年第 4 期）

简　评：

鼓为声音中之重器。

小小青蛙，早已掌握其中秘密。

因此，很多铜鼓身上，饰的是蛙纹。

此诗感动我们的，当然是那震撼人心的鼓声，但还有两点，一为“斑斑绿锈”，二为“敲开的花朵”。它们让这首诗的意义，同时超越了声音的藩篱。

（黄　钺）

乡野书——弥撒

聂　磊

我坐在收割过的麦地里
荒凉而甜蜜，阳光穿过十指
我无数次梦见这个瘦小的村子
安静的村子，古老的村子
父亲瘦小的肩膀落了一层麸皮
老黄历上落满麦穗和蛛网
从生锈的铁钥匙到油腻腻的灶台
我奔跑在荒野里呼喊着你的孤独
大风吹了千年，群山沉默了千年
大水冲跑了菜地里的粮食
草籽和泥土掩埋我发亮的骨骼
发亮的头发和发亮的眼睛
你渐渐懂得生存和铁的本质
教堂钟声响起，你坐在黑夜里
风穿过十指，温柔而无比凛冽

（原载《绿风》2016 年第 2 期）

简　评：

何为弥撒？天主教的一种祭祀仪式，祈望为主。
这样的活动，神总会出场，当然，一般只会显现于虔诚者的心中。
这首诗中的神，也客串了作者一会儿……

（黄　钺）

流浪儿

聂　权

用粉笔
在水泥地上
画一个妈妈

然后蜷缩在她的肚腹中睡去，像
依偎着她
也像仍然在她体内
舍不得出生

简笔画的妈妈
那么大
她有漂亮长发、蝴蝶结
有向日葵一样的圆脸庞
和弯弯笑眼

（原载《天涯》2016 年第 4 期）

简　评：

童心多么美好，童心多么可爱！

（张德明）

看上去

宁延达

仿佛有低低的诗句
被小男孩的刀片儿刻在抽屉的花瓣上

仿佛有一些细小的香味儿
被蜜蜂震颤的翅膀遗落在风的末梢

仿佛有流动的声音
被柏林禅寺的钟声击散在迈着小脚步来访的细雨里

仿佛一些细碎的时间
被生命遗弃在随波逐流的鞋子穿过世界的影子

一只巨大的鸟
奔腾雀跃在上帝的院子

一些鼓掌的手
被明明灭灭的日子紧紧反绑在越来越厚的墙壁

（原载《星星》2016 年 3 月上旬刊）

简　评：

通常所说的“看上去”，是指“乍看”“初看”，是对事物大概和表面情状的捕捉。不过，这只是肉眼之“看”了。调动心灵的“看”，就能看清肉眼看不到的世界，比如花瓣上的诗句、蜜蜂遗落的花香等。

这首诗的“看”显然不是写肉眼之看，而是心灵之看。由此才看出了诗意和诗味。

（张德明）

倒　影

宁颖芳

我爱着你吗
也许更爱的，是你的倒影
为什么，水中月总比空中月迷人

此去经年，山高路远，天地苍茫
我只需一池碧水，用来存放梦境
你在彼岸，也在此刻

不必相濡以沫，也许相忘于江湖
才有回眸时，那个绝美的倒影
完好如初，没有碎于时光的涟漪

而思念，也总是从倒影开始
再慢慢地旋转，复原
啊，一颗心，就要跳出水面

（原载《绿风》2016 年第 3 期）

简　评：

“我爱着你吗？”

作者是在问“你”还是自问？

“樊篱”二字，是否正在迅速收紧？

是情窦初开还是人到中年？我更倾向于后者，如此才对得上诗中的种种细节。自律、清醒，才有了伟大的意义。

（黄　钺）

弄　月

欧阳昱

弄月仙郎意不自得
独行山梁
采花嚼之

作《蝶恋花》词云……（词略）

童子刈刍
翕然投镰而笑曰
吾家蔷薇开矣

盍往观乎？
随之至其家
老妇方据盆浴鸡卵

婴儿裸背伏地观之
庭无杂花
止蔷薇一架

风吹花片堕阶上
鸡雏数枚争啄之
啾啾然

（原载《诗潮》2016年第4期）

简　评：

奇哉？怪也？

用白话文写古诗，多矣。用古文写自由诗，如何？

居然，有一人试了。

想当初胡适的《两只蝴蝶》也是让人发笑的，在这首诗的面前，你不妨也笑一回。

不同的是，方向，还要向前。

（黄　钺）

回　家

潘洗尘

没做过父母的人　惶惶不可终日
年复一年地在路上——回家的路
而所谓的回家　就是不停地
来来回回　这符合一个孩子的天性

血浓于水却无话可说
这恐怕是父母和孩子们都老了的缘故吧
清明的细雨中　我看见年近八旬的父亲
仍和我一样　佝偻着
跪在祖父的坟前磕头
再想想自己　最终也要和烟波浩渺的往事一起
安卧在这一撮黑土里
这就是我的家　我的每一个家人的家
世上所有人的家

忽然夜半醒来　被独坐床前的母亲
吓了一跳　母亲的眼神
犹如五十年前　看自己怀抱里的婴儿
这一刻我暗自庆幸　到了这把岁数
父母依然健在　自己仍是一个
来路清楚的人

（原载《诗刊》2016 年 4 月号上半月刊）

简　评：

“家”有不同的含义，诗人在此写出了不少。

（张德明）

推卒过河

盘妙彬

不是民国，是民国的骑楼下
老人推卒过河
几缕发黄的光线躺在斑驳的街面

不是民国，是光线发黄在暮晚
不是民国，是百年老街的骑楼下
时光推卒过河
车马象炮已厮杀殆尽

景色残旧，不是民国
一堆堆老人是一堆堆发黄的光阴，不是民国
他们在下棋
士也被斩了
现在推卒过河，一步一步
现在卒已过河，一步一步

快点呀
急什么呀
光阴催老人，卒催兵，全都过了楚河和汉界

（原载《星星》2016 年 5 月上旬刊）

简　评：

盘妙彬的风格自成一派，绕口令一般，那些勇往直前惯了的人，肯定一时难以适应。

抓住一根线头，他就开始绕，在你晕而未晕之际，他的手一抖，手指一张，便把谜底亮在你面前。

幸好，他从不骗人。

老街、老人，一盘棋子，也许也很老了。而凡是下过棋的人都知道，卒与兵过河后，一盘棋的时光，便不多了。

言外之意，当然，大半都在这些老人的年龄之上……

（黄　钺）

枕旁的毕肖普

庞 培

曾有一夜我枕旁边放着
一个名叫毕肖普的诗人的书
那时轮船在窗外鸣笛
天有点冷。初夏
江面庞大的水域
仍旧矗立起人的眼睛
看不见的春天
紫罗兰色。或者
黑色，陌生的邮轮途经江面
总会带来超阔的动静
我看见封面上的英文字母
读出一个词：“骇俗”
（翻译对吗?）青蛙
替代了轮船声音
有如码头上夜班的门房
提着一盒饭菜，跟白天班的职工
做了交接
轮船驶远。那本书
在田野浮起潮湿水汽的夜晚
看起来像一盏灯。镁光灯
农夫手提的汽灯
未曾打开的书页，平静从容
仿佛藏匿在打火机芯上的
火焰。我在我自己年岁的
口袋摸到它，然而我不在
房间不见了。枕头也不见了
我的床消失
青蛙和轮船叫都没了
虽然夜风依旧回荡
先一分钟船舶鸣响的汽笛声音
但此刻只剩下诗人的书
一本诗集。来自不知名的年代
来自孩子们穿越草地飞快地
镌刻下生活传奇的欢呼声

（原载《扬子江诗刊》2016 年第 4 期）

简　评：

诗歌很多时候就是一种对话，与古今中外的人和事对话。可以说，诗歌文本都是互文性文本。这首诗正是与美国诗人毕肖普对话的互文性文本，从中可以读到不少跨文化交流的话语和情绪。

（张德明）

半墙记

庞余亮

这半堵没塌掉的土墙
肯定属于一个老光棍
不确切的是当年的火光
是我这个顽皮小兽玩了火
还是老光棍喝醉了酒
记忆总是趋利避害
让那些不可说的
成为灰烬中的一丝余热
他摸我的小鸡鸡
他骗我叫爸爸
他的几根手指的下流动作
启蒙了父母黑暗中的隐秘
和我的来处
这些震撼过的，消失得太快
早早成了蒜皮鸡毛
磨损我的小东西，继续磨损
如膝盖的隐疼聊以自慰
老光棍早不知去向
他说过的话
至今很清晰
“我是阳间多余阴间不收的老光棍。”
老光棍，老光棍
子夜方睡，黎明前醒来
半途上的人从不交谈
人行道里的盲道永是摆设
倚在这半堵墙上
眺望未来那些破碎的句子
还能写出那半首诗吗
那些镶嵌在土墙上的空泥螺壳
一声不吭

（原载《扬子江诗刊》2016 年第 5 期）

简　评：

半堵墙里有故事，只要诗人善于“发现”，坑坑洼洼里都藏有诗的种子。

（张德明）

怀念曼德拉

彭惊宇

人类前行的暗色背景上，会永远
铭刻你父亲般慈祥的笑容
灿烂得就像一朵高原老葵花

这个世界所有的爱，与你齐聚一堂了
你缓缓地，如一面非洲鼓
沉落在那出生地——库努村的墓地

可是，我们伟岸的父亲
你博爱的气息从此化作横吹陆海的风

你走了，大地上人类种群还在
他们盛开成五洲四海的美景
一朵黄金盏，一片棕叶林
白色雏菊和黑色大丽花拥抱在一起

我们怀念你，伟岸的父亲
27 年监禁生涯，铁窗下漫漫孤独
让你最终感悟到全人类的桎梏所在
自身的罗本岛，这座象征爱恨恩仇的人间炼狱

一席剑麻铺就的长夜草毡
一双被采石场正午骄阳灼伤的眼睛
坚实的苦难，竟磨红你悲悯众生的雄心

放弃无谓的仇恨，学会宽恕与热爱吧
让太阳永恒地照耀这颗蓝色星球
照耀这欣欣向荣、缤纷如花的人类家园

曼德拉，我们伟岸的父亲
在那拱曲的天堂之上，会有我们的
圆顶草房子，会有赭裙贝齿的舞女
会有吮吸母牛热乳的黑孩子，像你一样

喧笑着，向着故乡那白杨的山冈奔去……

（原载《绿洲》2016 年第 4 期）

简　评：

在历史巨人的歌吟中，深含着对普世价值的追寻。

（张德明）

秋天，在滩涂

祁鸿升

鹤飞向天空，
用声音擦蓝云层。
一些虫鸣，从露水里，
跳出来，
轻轻地叫亮海风。

秋天到了，黑嘴鸥，
在渐至低矮枯萎的草丛中，
磨亮收割的快意。
白雕雪一样地白着
海英草火一样地红着，
提前抵达的雁声，
衔着刈刀的光芒，
横扫原野。

一阵风来，把滩涂的秋天，
吹得很薄很透明。

（原载《绿风》2016 年第 4 期）

简　评：

秋天的滩涂，很美。要准确说出它的美，恐怕只有用诗歌。

（张德明）

徽杭古道

乔延凤

穿越崇山峻岭，云遮雾挡
从安庆一路逶迤至浙江
巍峨的山势随石阶起伏
野茶、榛子、毛栗随手可摘
路旁，病倒过多少书生、旅人、商贾
七十度的石阶将飞鸟的影子珍藏
挑夫、书童，早起晚归

总把远方的家乡回望
传递男欢女爱的山歌
和路旁竹笋透出的春光
照亮了毒蛇野兽出没的山冈

今天，重新走进千年的榛莽
远方传来高速公路的喧闹
久已失落的爱、微笑与梦想
在深山里，被阵阵野风无意中吹响

（原载《绿风》2016 年第 1 期）

简　评：

让我摘下这些句子："云遮雾挡""野茶、榛子、毛栗随手可摘""七十度的石阶"……

如果不是赶路，如果不是赶考，或者赶集。

如果只是旅游。

这样的野味，这样的古道，真久违了。

"远方传来高速公路的喧闹"，当然更好。我们无意、无法再做古人，历史，只能不停地——向前走。

（黄　钺）

麦秸画

青小衣

脱去麦粒的麦草，光洁如玉
像女人的身子，不适合做柴火，焚烧
香魂散尽，袅袅无处归

适合汗蒸房，熏蒸、漂刮、推烫
适合一双手，剪裁、绘刻、编排、粘贴
不着色，微澜之下，自有金子的光

仕女踏歌起舞，隐士对月抒怀
虎不怒而威，鹤不娱自闲，山有险境
水有倒影。花鸟鱼虫，皆得天真

那位神笔后生，有个梦想
让麦草走向世界。他是张家的儿子
单字鹏，和我同姓

（原载《诗歌月刊》2016 年第 5 期）

简　评：

麦秸画历史悠久，和剪纸、布贴同属剪贴艺术。

诗中的第二段为制作工艺的大概；第三段几乎为麦秸画的常用题材；最后一段，气氛渐变，最后一句，不禁令人笑出声来。

爽朗、自然，与麦秸画的风格，呵呵，竟近似。

（黄　钺）

这正是我想要的……

晴朗李寒

经过三十多年的努力，我
终于成了一个无用的人。
卖几本没人读的书，写几句
无人看的字。
——这正是我想要的！

我终于使自己长成了一棵
不开花，不结果，
尖刺遍身的废木。
我知道，本为稗草，哪敢与
优质小麦、高产水稻为伍？

亲爱的吃货们，请也别再惦记
我的肉了！
甘于圈养的畜类
足以满足你们饕餮的肚腹，
更何况你们还善于
以舌尖和利齿
诱杀同类。

我蹿出猪笼，跳出羊栏，
打野食，饮清流，
我宁愿将自己的
骨头和血肉
交给虎狼、狮豹，
也不愿白白地赠给同类。

让我
就腐烂在荒野山林，去供养一株
自开自灭的小花吧。
——这正是我想要的。

（原载《诗潮》2016 年第 4 期）

简　评：

开头原本以为在自嘲，接着竟开始有些自傲（褒义），最后竟蹿出猪笼，跳出羊栏，打野食，饮清流。让人刮目相看一会儿后，不禁要问，这不叫自在吗？

最后，当然是自杀，自得其乐、自生自灭的纯正的自杀。但这世界上啊，哪有这么自由的事，最多“这正是我想要的……”罢了。

（黄　钱）

不　安

邱　籽

夕阳落进湖水的那一刻
我感觉我的身体在剧烈地摇晃
但鸟没飞
湖水没有掀起波浪
在轻盈的芦花之上，安静仍然是巨大的力量
我的不安在于
在若无其事的存在面前
我的表现，总是显得过于郑重其事

（原载《星星》2016 年 6 月上旬刊）

简　评：

这首诗挺有意思。夕阳落水，其大其重，谁思考过？

其红如灼热之铁，湖水必将沸腾无疑？

可是湖边之鸟，不飞。万顷湖面依然安静……

而其“不安”，或觉醒，从反方向，把一个诗人的敏感或神经质，再悄悄地反哺到，这首短诗身上。

（黄　钺）

雪

秋　水

因为这样那样的无意
我偶尔会想起踏雪的吱吱声
脚丫陷落的下坠感
雪花飘飞的美，还有她们在我手背上
渐渐变幻成水的美妙与清凉

这些远在故乡的大雪，如今覆盖了
我曾冰冻的双手
一个个笨拙的跟头
被天黑淹没的归家之路
我在不知谁的南方安居乐业
北方的大雪啊，一遍遍开在春暖花开的枝头

（原载《绿风》2016 年第 1 期）

简　评：

大雪开在春暖花开的枝头，是错觉，是触景生情，梨花、桃花、樱花……都可胜雪。

关键时，故乡必须远，那个地方，必须梦绕魂牵……

（黄　钺）

世俗生活

秋　子

我爱世上的每一棵树，每一棵树
到另一棵树之间，长长的舞步
我爱世上的每一片叶子
每一片叶子所包含的，小小时间
我爱每一朵花，从出生到消殒，
爱它掠尽了美，与颜色
我爱光线，爱它覆盖一切
我爱温度，爱我在它之中的静默
我爱城市，爱它在灰霾中显现出来的轮廓，爱它
与地球相依的样子。我爱黄昏的菜市场，我爱我是无数行人中的
行人，无数忙碌之中的忙碌者
我爱——所有的孩子，爱他们将要经历
悲泣和欢喜，而悲泣和欢喜早已在，他们之中
我爱陌生人，爱那每一盏流动的灯
相互照耀，独自熄灭
我爱——
我爱许许多多的事物，就像我不爱
许许多多的事物一样

很多年了，我有了
我的
世俗生活

（原载《诗歌月刊》2016 年第 9 期）

简　评：

学会了爱，尤其是学会在世俗生活中去爱，你就真正懂得了人生的真谛。

（张德明）

佛　坠

曲　近

我知道这一生不能守在你身边
于是就派去一个哥们似的神仙

这位慈眉善目的弥勒佛
笑口常开替我完成心愿
他的佛法时刻紧罩着你
贴心守护你的每一天

身心被慈悲的意念弥漫
尽管你没有万贯家产
但有佛之人必有福气
开心快乐与财富何干

说玉缘不如说佛缘
天底下万物皆有缘
随缘就有幸福，就享平安
就有激荡心灵的波澜不断

我佛有灵，布善予你
我心有爱，天地可鉴

（原载《诗潮》2016 年第 9 期）

简　评：

佛心长在，爱心长存，幸福和平安就会伴随在身边。

（张德明）

为什么

泉　子

自从点点在两岁多那年发明出“为什么”这个词语之后
我已记不清这是她第几次运用这个词语来发布一些新的疑问了
但我记得她在上幼儿园的第一个学期，一次次在深夜哭醒
并向我们发出的质问
“爸爸妈妈，你们为什么要把我生下来
我真的不想上幼儿园”
记忆中这些艰难而心烦意乱的时辰
我们夹杂着爱抚与呵斥的语无伦次的喃喃自语
一次次凸现着生命深处那共同的沮丧
我又能从这密密的钢筋水泥丛林中的
一个在深夜依然亮着灯光的窗台之上
发明出怎样的答案
是一次尘世欢娱的残余？
是将从远古迢递而来的，此刻在我们身体中流淌的血液
引向时间另一侧的至深处的隐秘的欲望吗？
还是仅仅是爱，那完全的爱
但并非全部的
并附赠这尘世如此坚固的虚无

（原载《诗刊》2016 年 4 月号上半月刊）

简　评：

开始五行过于散文化，五行之后才渐入佳境。
这或许说明，诗歌中掺杂适当的散文化片段，有助于增强诗意的表达？

（张德明）

旅途一刻

人　邻

空气
虚无。
铁轨的声音，肋骨一样，立着。

时间是
虚无的。
令人绝望的
——透明的绝望。

对面卧铺出神的女子，
香水的气息，竟然也是虚无的。

窗外，一闪一闪的风景，
也是。

铁轨的声音，
立着，
瞬间苍老，
瞬间新鲜。

（原载《诗潮》2016 年第 7 期）

简　评：

虚无与真实在混杂，在内心纠缠，在相互溶解。这是单调而冗长的火车旅程中极为鲜明的情感体验。

（张德明）

航　线

任　白

塞壬的歌声被点燃了
蓝火焰抱住你
围堵迟疑的双眼
贸易风留在十六世纪了
青花瓷在一个故事里留宿
三桅船在船长的泪水里搁浅
比版图还大的永远是桅杆上的眼睛
是地表曲面另一边的洋面
但是那一切都消失了
你知道所有码头
所有深水泊位
都在毫无期望地等待
一道训令
一个宝藏闪烁的故事
自动驾驶系统碾压海妖
碾压迷航的时代
大航海
那些看不见的风浪才是尺度
那些摸得到的死亡才是血液

（原载《扬子江诗刊》2016 年第 6 期）

简　评：

大海，大地上的最大之谜。

其深其阔，超过了陆地。

塞壬，著名的海妖，却拥有着天籁般美妙的歌喉。在大海上请不要随便欣赏无缘无故的歌声哦。相传塞壬和缪斯神比赛音乐，落败后被拔去翅膀，便只能在海岸边游荡，有时还会幻变为美人鱼……

接着我觉得需要抱来一个大号的地球仪，才能更好地理解所谓的“航线”。请转动吧，然后你再盯紧，飞翔在上面的某些线条……

哦，大航海。

贸易风、青花瓷、三桅船、版图、桅杆、宝藏……这些本已久远的词，又突然：复活。

（黄　钺）

母　亲

荣光启

除了母爱
更多的是感觉
我们之间的距离
在晚餐时
是因为饭桌太大了吗
我感觉我们很远
当你给我一个鸡蛋
我胃里的另一个却说
“不要，已经有了”
营养学推却了亲情
小小的悲痛发生在一瞬之间
我知道我里面
是多么不顺服你的爱
我也知道你是多么不接纳
我关于爱和生命的片语
你想看到我健康红润白胖
我却希望你相信
可以摸到的永恒
你已经老了
如果现在我们不和好
那你走后
我们的距离就是永远的黑暗
母亲
让我们的心更近一点吧
就像我当初在你的腹中

（原载《诗歌月刊》2016 年第 10 期）

简　评：

伟大的母爱，令人感动。闪光的孝顺，也令人感动。

（张德明）

大风呼啸

荣　荣

大风呼啸　大风下的康巴诺尔仍是草原

她的蒙古包鲜艳　她的牛马羊肥壮
她的长尾雀　追赶着大风
也追赶着辽阔牧场上飞翔的白云

大风呼啸　草原的姹紫嫣红近在咫尺
麦子开始冒头　青草露出尖尖
鹅翔雁凫的康巴诺尔湖装下大半个蓝天

大风呼啸　大风迷了我眼
多么相似　我曾在她的花海里走失
那时　她的格桑花一路开到天边

大风呼啸　大风呼啸
我在草原上问路　缄默汉子的温暖
像他宽厚的胸膛　怀里的烈酒

（原载《诗选刊》2016 年第 7 期）

简　评：

一个成熟的女性，才能写出这样的诗。

首先是一连串的“大风呼啸”，小女子无法承受。

肥壮的牛马羊、敢于追赶大风白云的长尾雀、鹅翔雁凫的能装下半个蓝天的湖，这些，小女子不一定会关注。

最后两行，是一个成熟女性才会有的本能，但小女子还不敢……

（黄　钺）

康保猪肉石

荣　荣

来啊　到康保县张纪镇来
到张纪镇的董家营王宏里北小庄来
到这些村庄的西坝上来

风掀沙石　风掀沙石
南北十里东西四里的丘陵地表
地球的骨头早早转为肉身

风掀沙石　风掀沙石
茫茫戈壁穿上风尘之衫
时不时露出富贵的里子

风掀沙石　风掀沙石
天地辽阔　你别忙着四顾唏嘘
人间大道　还有一道口腹之乐

来啊　带着你的铁耙子来
与天地间小意思或大意思的石头相遇
你可以张灯结彩　肉石盛宴正为你满满摆开

（原载《诗选刊》2016 年第 7 期）

简　评：

猪肉石我前些天还见过，当然，已没有我最初见到时的大惊失色。

在它们前面冠以“康保”，我才知道它们的来路，很远。

这风沙之地“富贵的里子”，这人间大道的“口腹之乐”，这天地间让人有些摸不着头脑有些不能相信的石头，为什么会长成猪身上的五花肉呢？

我注意到，二、三、四段的开头，都“风掀沙石”，上帝，怎么就偏偏反其道而行之，在这样的环境，藏下了一头头原本贪求安逸的猪……

（黄　钺）

都是我的

若　水

我的衬衣不是别人的
我的汗味不是别人的

在这个世界上，只有我一个人
用这样的方式说话
说这样的话

在我目光最为贫寒的冬天
和我对视一眼吧

我贫贱中暗含暖意的诗歌
不是别人的

（原载《诗选刊》2016 年第 5 期）

简　评：

简单素朴的诗句中，暗透着温情和爱意。

（张德明）

我有一把刀

三个 A

它的前身是一块铁
那时候它在我身上
不会对别人构成威胁
自从它被我打磨成
越来越锋利的刀时
我的麻烦也越来越多
每次经过安全检查
我都被带去做笔录
解释这刀的来历与用处
保证我不曾杀过人
我身上的刀就这样
一把一把地被没收
留下铁愤怒的独孤

（原载《诗潮》2016 年第 2 期）

简　评：

这是一首奇诗，犹如作者的名字：三个 A。

这世上总会有一些性情耿直的人，仗义执言，要么拔“刀”相助，要么遗世独立。

可悲的是，几乎没有好的下场。或要么，也会被生活这条大河，磨成没有棱角的卵石。

能“留下铁愤怒的独孤”者，也不会多！

起句即深刻。不拖泥也不带水，却绝不涸滞。最后一行，既不偏也不倚，或既不多也不少，好诗！

（黄　钺）

忆父亲

桑　克

他对我说的话非常少，
所以我全都记得，比如割豆子的时候说的，
比如刨木板时说的，还有他的粗口，
他的皮鞭，他关于凌源的回忆，
红色的回忆，白色的回忆。
他和母亲半夜交谈，老白家如何如何，
老郭家如何如何——白家是谁？郭家多远？
比银河系，比仙女座星云还远——
他们的孩子，逝去的，生存的——
他从未谈及。他倒是谈过多次土地革命，
谈过战争中的两次逃亡——每一次逃亡
都可以制作一部电影，《远离帝都》，
或者《西伯利亚的冬天》。
对他我的感情是复杂的——他不是朋友，
不是标准的倾听者——而是秩序的象征，
犹如他教我的植物学知识，
关于蘑菇分类，松树如何隐藏自己的悲伤。
他穿着蟒袍盘旋在我的头顶——
但我还是那么爱他，不仅仅因为他给我一条小命，
不仅仅因为他和母亲联合养活我的肉体——
我知道人是说不清楚的，人永远都不能解开
机器相互缠绕的问题，不能解开黑与白，
白昼与黑夜，拥抱与退却的问题。
他把《万象》杂志放下，又捡起
一本注释版《聊斋志异》。逆光打在他的脸上，
留下深刻的阴影，我知道他是想说——
另一个世界是存在的，那边的哥哥们，姐姐们，
还有他的哥哥姐姐或者妹妹，他的双亲，
他的祖父祖母——我见过他们发黄的照片——
坐在自家房屋的窗前，棉袍、汉白玉烟袋——
摄影师站在对面，仿佛是我，
仔细端详家族的起源。

（原载《山花》2016 年第 4 期上）

简　评：

一首“实打实”的好诗，除了两部让人喷饭的电影名和“他穿着蟒袍”是无中生有，其他都可归纳为：记述。

最后的“摄影师站在对面，仿佛是我”带来的让人惊呼的“距离”感，纯属巧合。

（黄　钺）

光不用太多

桑　子

我就住在十二月
光线暗淡　方言还乡
狗跳起三尺
就能够到门前的太阳

光不用太多
照亮我们爱的人就行

（原载《扬子江诗刊》2016 年第 2 期）

简　评：

短诗需要找到一炷独异的光源，将诗意遽然照亮。显然，诗人找到了。“光不用太多/照亮我们爱的人就行”，真好！

（张德明）

过永康太平水库

商　略

这是今年，我看到的
第二个水库
前一次刚入秋
在百丈岗
我沿湖堤漫行
山水依次从它的
大梦醒来

每次遇一个好地方
我总想搬迁来住
太平水库也是
尽管冒着小雨
尽管大坝景物渐幽
我独自上面走
水色把我洗得干净

布罗茨基怎么讲？——
“当一个人孤身只影，
他就是在未来。”
这句话讲的
几乎就是龙窟陈亮
回过头来
也可以是我

在龙窟，陈亮没有见过
这样的人工湖泊
他只能想象——
“菊花细雨，
萧萧红蓼汀渚。”
当然景物不必我们亲临
如果我们写过一遍
那就是真的

在大坝尽头的拐角处
有一小片台地

堆满了砖石残块
今日的速朽和
往昔的幽暗
两者有相似之处
尘世之光有它
兴废的悲伤之手

（原载《诗刊》2016 年 6 月号上半月刊）

简　评：

前面的诗行平淡写来，是为了最后四行蓄势。情绪慢慢铺展，到最后漫自升华，可以水到渠成。

（张德明）

巴颜喀拉：圣洁的雪

商　震

巴颜喀拉山的雪
是最早把月光擦亮的雪
是漂染了嫦娥裙裾的雪

巴颜喀拉山的雪
是和田玉，是昆仑石
是半坡的陶是殷商的青铜
是清浊分明的泾河渭水
是建安七子的华彩文章

我匍匐着轻轻地靠近你
每靠近一厘米，身体就失去几斤的重量
我努力地靠近你，就是希望
我能是你山上一小片雪粒
被你染白，被你融化

啊，巴颜喀拉山的雪
你静穆，如同智慧的长者
你圣洁，如同母亲的体温
你看到了华夏民族的第一行脚印
你也会看到，华夏儿女
将怎样不辱你洁白的嘱托

（原载《绿风》2016 年第 2 期）

简　评：

有神奇的想象，有历史的回望，也有未来的期许。描述的对象有些宏大，但抒发的情感并不令人感到虚空。

（张德明）

深夜进入一座城市

沈浩波

来自远方的寒冷旅人
穿过旷野和星辰
沉默是他的旅行箱
拖动时发出闷响

他走进城市的夜晚：
巨大的喉咙里
有一团黏稠发亮的痰
带着雾和汗的味道

路灯浇下它的显影液
漂浮的脸慢慢固定
像来自过去某个时刻
陌生人，你已无所遁形

他走进城市的梦
仿佛置身空旷的大厅
何处传来低沉的音乐：
你是唯一跳动的琴弦

当音乐停止，城市醒来
陌生人，你这从荒野
走来的孤独的国王
消失在涨潮时的大海

（原载《诗潮》2016 年第 7 期）

简　评：

这首诗好像也适宜这样解读：你想做一回国王吗？那就请你深夜时进入一座虚无的城市。

手段是不法的，想象是超现实的。显然，作者在演示，或启用了一种有点儿魔幻的叙述方式……

（黄　钺）

杏花，一门春天的修辞学

沈　苇

杏花，一门春天的修辞学
被风唤醒瞬间的怒放
我们在杏园朗读杏花诗
却不见枝头一朵
倒春寒中遍地残花
将苍白，一点点往泥里送
仿佛已送达死者唇边

我们执意替流逝朗读
从弓月城朗读到龟兹国
那里，每一棵杏树下
都有一个酒窖，屠戮归来
的兵士，彻夜酩酊大醉
错将舞女当作孔雀
又将花雨看成飞天
历史是一只漏气的坛子
散尽酒香和所有的香

我们携带时间的幽暗和蛮力
却显现为每个人所是的样子
像此刻，结束朗读闭上嘴
默默漫步凋零的杏园
远离醒来的绿杏林
像游子，像杂沓羊群
为脆弱事物所爱所伤
拥有一个杏花般的瞬间

（原载《扬子江诗刊》2016年第4期）

简　评：

以杏花为特定视角，去观望历史和季节，窥探到非同寻常的风景，体验到别样的生命滋味。

（张德明）

孤岛小镇

施茂盛

铁塔的阴影仍有些炙热，晚霞却已吹出灰烬。
老人三三两两向长堤汇聚，在太极的招式里养一只鹤。
坝上垂钓者只是一个孤影，江面烟雾散淡。
运载圆木的驳船两侧，江水泛起泡沫，
像一位凉亭独酌的中年胃中滞留的隔夜浊酒。

喧闹一时的拆船厂已关闭多年。
废弃的吊车顶篷乌鸦年年来筑新巢。
空地上堆满拆下的废铁，雨水令它们不断膨胀。
荒草是唯一的美景，但不是诗。
江风这样拂过像拂过死而后生的心脏。

教堂后面的黄杨林蓄满旧时光，侧漏的光线
隐身幽静。颓垣上去年的枯藤缠在一起。
拐角那间理发室即使傍晚也少有人至，
与它毗邻的邮电局平时总是虚掩着玻璃门。
仿佛这才是世界应有的秩序而每人都在其中就绪。

每天，他骑着破旧的自行车上班和下班。
有时经过那座旧码头，他会下车
在木栈桥上走一走。他抽完一支烟，
然后重又骑上车，穿过小街消失在一群鱼贩中。
在这孤岛小镇，他遗世般生活，闲暇里有一点点踟蹰。

（原载《扬子江诗刊》2016 年第 4 期）

简　评：

纪实式的手法，娓娓道来，一座孤岛，一座遗世般的小镇，便跃然纸上。

诗读完，诗的本身是没问题的，细节与诗性已自给自足。但我的心情有问题：被感染了。仿佛误入了一个颇为阴沉的世界，好不容易，刚刚出来……

（黄　钺）

饮茶记

施施然

这个初秋像个欲火焚身的妇人
高热不退。躺在大地的床上。
隔着两层窗玻璃，她能听到空气
微弱的喘息。“一切都乱了，世界
仿佛被注射了过量的激素。”
她端起白瓷茶杯，上面印着烟紫的印度玫瑰
太平猴魁苍绿的叶片
此时正在碧质清汤中舒展。她轻啜了一口
微甘的余味，暂时消解了她的火气
但同时，她感到了一阵孤独
她想诅咒眼前这个精神的乱世。是的
没有人能说出她内心的愤怒
2013 年 8 月 18 日。墙上的日历穿越时间的碎片
翻到了二十一世纪。而人们的思维
还活在历史的体内。
她又轻啜了一口
茶色开始转浓。这些年，她一路走来，看繁花
和罂粟同开。她啜饮美，将恶像茶叶的残渣沥去
雄心勃勃，渴望万物静好。而今
透过迷失的外部世界，她逐渐看清
宁静，只和眼前的茶水温度相关。
她立起身，把额前发丝抚到耳后，再一次
为杯中续上滚烫的清水。窗外，视线以外的山那边
一缕橘色的光，铺过来，洒向平原
她知道，夜晚就要来临。

（原载《扬子江诗刊》2016 年第 5 期）

简　评：

饮的是茶水，咀嚼的是人生和命运。

（张德明）

野　鹿

舒丹丹

鸟羽有风，松林上有薄雾
夕阳的金手指正抚摩群山的脊背

一棵白蜡树的牵引让山崖躬下身子
俯瞰脚下两只悠闲的野鹿

我们停车，在松针的阴影里呼吸、倾听
沉陷于周遭渐渐聚拢的黑暗

湖水微漾，神似一种天真
无边的静穆，近于本我

在山野，生命各领其欢，纯粹而自由
如心灵盛开，如鹿垂下眼睑

（原载《诗歌月刊》2016 年第 5 期）

简　评：

这首诗的山野之气让我放松。“夕阳的金手指正抚摸群山的脊背”，一种耀眼的金色，瞬间让我贫穷的心，温暖起来。

“如鹿垂下眼睑”，看似虚，却实得不能再实；作者看似没有表达出什么，但我却顷刻想起了埃利蒂斯的名句：“高飞的鸟，减轻了我们灵魂的负担。”那么，这诗则刚刚相反：这“存在”的鹿，恰恰增加了我们苍白内心的重。

（黄　钺）

缘 由

霜 白

为了你的出现我选择了你的母亲
孩子，我们选择了无数夜晚中的一个
但我不知道。

她也不知道——为了彼此相遇
错过了多少人和事。错过多少人和事是
为了等她——我们都不知道。

我说过她是我世上唯一的女人
对她的爱是为了永远挟持我
这是一件千真万确的事。

我的兄长和姐姐是为了我
父亲的一次决定和母亲的一个犹豫是为了我
那更久远的脉络中，无数相遇和交错的人
是为了我。

但都是为了你，孩子。我们不知道
这些是幸还是不幸，对还是错
当我们付出全部的力气和爱
只为抓住这茫茫世间唯一的线索。

（原载《星星》2016 年 3 月上旬刊）

简 评：

面对孩子，如何述说“性”？

她是怎么来的？

过实，不行；过虚，也好像不行。幸好那么多年，钻那个牛角尖的怪孩子，还没出生。

作者却肯定被某根针，刺了一下。

所以他在这里，用诗，把这问题解决了。

（黄 钺）

我说的蓝

嘶　沙

我说的蓝
就是那一道经幡擦不去长空的蓝
一个阿妈重重地下跪
像回声，抬起的目光悠长
默送一朵朵忧郁变淡、远去
而要熨热经筒的祷辞
忘了张口

我说的蓝
就是一只飞过钟楼的鸽子
把心碎的飞翔种在爱人蓝色的眼窝
当微风吹起，它孤独的倒影
收割湖面向晚的蓝调

我说的蓝
不是丝绸薄凉的轻佻
不是景泰蓝孤悬前朝的叹息
不是这废弃的铁轨
茫然地盯着远方
我说的蓝啊，冒着青烟
它是此刻忙碌的清晨
我说的蓝
刚满十六岁
忙碌得就像单眼皮的姑娘
扯着奶牛粉红的奶头
偶尔兴奋地
将蓝蓝的梦——
哼了出来

（原载《绿风》2016 年第 4 期）

简　评：

第一段先一下子把我们引向西藏之类的远方，抬头仰望。第二段逐渐回归。第三段出现了纵深，后半部分，诗的泉水终于汩汩而出，向着“我说的蓝”，奔涌……

（黄　钺）

古丽，古丽

松　龄

葡萄架下跳舞的古丽
苹果园里唱歌的古丽
白杨树下汲水的古丽
她们是阿娜尔汗的妹妹
生活在天山南北
生活在边疆伊犁

她们在河谷里行走
她们在绿洲里生长
她们是下凡的仙女
那睫毛下的一潭清泉
涌动彩虹似的梦
谁在暗夜里，电闪雷鸣
谁在暗夜里，大雨滂沱
翌日，荒芜的原野
顷刻春意盎然

半个月亮爬上来
在黄昏的薄雾里
她们是刚刚出浴的新娘
身披艾德莱斯的霓裳

她们的名字和花草有关
维吾尔族姑娘都叫古丽
阿娜尔古丽，阿瓦古丽
巴哈尔古丽，菇仙古丽
古丽就是花儿，花儿就是古丽
她们是太阳花，月亮花，石榴花，草原花
太阳一样热情
月亮一样柔美
石榴一样艳丽
草原一样宽厚

麦西来甫的鼓声
已经敲响绿洲，来吧

伊犁并不遥远
你骑着马儿来吧
在伊犁街头，一声古丽
有十个姑娘
向你回眸一笑

（原载《绿风》2016 年第 1 期）

简　评：

诗很长，读得却非常轻松。

异乡情调，韵律同样有着一个早已习惯载歌载舞的民族的活泼轻快，一首诗看完，犹如一支酣畅淋漓的舞曲，刚刚落幕。

（黄　钺）

一棵用锈铁丝扭成的水杉

宋烈毅

我用锈铁丝扭得最多的还是一棵水杉
我用它们扭一只鸟还是不太像的

这棵没有鸟的水杉
不管从哪个角度看，它都像一棵水杉
从头到脚都像
但我不知道把它插在哪儿

我十分清楚，我把它用一大把锈铁丝扭好后
它就已经是活的了
不管我把它插在哪儿
它都会感谢我给了它一个好地方

它知道自己是锈铁丝扭成的
它也非常喜欢我把一双破手套挂在它的塔尖上

（原载《诗歌月刊》2016 年第 7 期）

简　评：

不觉想起皮克马利翁效应。

（张德明）

与黄沙子谈话时所见

宋　尾

我们谈论诗的时候
三只斑鸠在窗前尖声鸣叫
它们天天如此
整个春天
这些语言不为我知晓
一如诗的无知
它们沉醉于
这尖锐的交谈
它们急切表达
每个偶然
它们如此热爱自己的天赋
爱着自己的命运
阳台外，一棵树
伸臂托起它们和它们的聒噪
那种姿态像是
某种被我遗失的想象
这颗皂角树，高大，肃穆
树冠淹过了房顶
却这么寂静

（原载《诗歌月刊》2016 年第 5 期）

简　评：

这诗在评“读者”。

诗写出和发表后，则为公共“财产”，可是“财主”们几乎千人千面，赞赏者有之，挑刺者更大有人在。

虽说诗有多解，但读者的层次实在丰富。水平的参差又怎能不造成“塞车”呢？

这首诗尽量不露声色，而把某类让诗人们失望的读者，狠涮了一顿。

当然，没有留下把柄。

（黄　钺）

黄河石

宋晓杰

苦难已远，水落石出
静卧在书柜的玻璃后面
木是床，纹是浪
它一声不吭地模拟着我们的晚年
缓慢，持重，心藏巨澜——
黄河与黄昏的品质，似有所同
翻卷的云霞，与浪潮
同族同宗

天黑前，茶已喝了几泡
你看了看窗台上新开的兰花
手书一首唐诗：酒，边关，长风……
叼着长长烟灰的烟斗，歪着头
站在庭院里，你开始剥蒜
——哦，黄昏恋上什么都有可能
唯有被胃口终生挟持
它向所有的违逆说：不！
大雪、盐、水饺、酸菜氽白肉
一条道儿跑到黑……如滚烫的辽河
它就是你的黄河，你的父
像兄弟，等你在入海口
……压住半生惊涛！

（原载《芳草》2016 年第 6 期）

简　评：

从一块石头里窥见童年的踪迹，也听到历史的回响，更看到生活的惊涛骇浪，可谓奇了。

自然，这不是普通的石头，这是“黄河石”。

（张德明）

下 午

苏 晗

父亲在钓鱼，水边
太阳不大，湖面却粼粼闪光。
钓竿又细又长，像一只鼻子，探入藻类深处
嗅。远风传来几片柚叶，看他
蹲在河边剖鱼，十岁，反革命的脖子
拗着。湖北的红土在胃里烧
那腥咸的气味，直落入发酸的河底。
没有来信。
我们的背后是守鱼人的砖房，堆满鱼草
狗在吠叫，欢迎我们的新来宾。
（而池塘依旧平静。）
我们聊天，蹒跚的未来客失踪于中途
他走到夜里寻异路。“还不是阴差阳错。”
一转身，他提着杂文和商品粮
把秋稻递进公务的窗口；
一转身，他站在医院门前，成了父亲。
——我读。
父亲穿着破旧的毛衫，钓鱼。
水面的反光雕刻他。
晚风起，我们便拎着空桶回家。
水倒回湖里的时候，我听见藻底
有鱼群的喧嚣。那样隐秘。
父亲沉默着往老屋走
他老了，这是谁也不知道的事情。

（原载《诗林》2016 年第 2 期）

简 评：

父亲的命运史，在一个下午的钓鱼事件中被概述。我惊叹于诗人的诗笔，有神奇的时空穿越之功和摄像师般的镜头剪辑技能。

（张德明）

恒河：自由

苏　浅

唯有三月能叫出
我的名字。倘若我假装听不见
你就假装
这是真的

你就若无其事地来去
下一场雨是一场

我也不会说
夜晚有多么陡峭，人一躺下
身下就是
无限的空白

但这空白无须充实
总有一天，我身上失去的你都会
在这里找到

一如在恒河，死亡和往生
相待两不厌

（原载《诗刊》2016 年 1 月号上半月刊）

简　评：

作者在三月莅临恒河，激情的勃发让她写下了一组对“恒河”的献诗，这仅是其中一首。我搜索了一下“恒河”，发现它是“教徒心中最神圣的地方”，因此“恒河不是用来观赏的，而是用来膜拜的”。诗中“唯有”二字需要丢开大半的公共意义，回归小半的个人习惯，才能进入这诗的“神秘空间”。大凡写作，有些密码设置是无意的，有些却是故意或半故意的，缪斯，更是个有特权之神。

（黄　钺）

暮 秋

苏 省

它们在凋敝。檐草，土墙皮，昆虫之翼
在闲置的庭院里，它们剥削着
我对年龄的自信

还有鸟类来去，但更多的空巢暴露在风里
仿佛成长仅仅属于南方
但，还有寒意。往后的岁月，它们将日渐盛大

还有盛大的落日的光辉
俯身于此。我愿意于此敞开所有木窗
但，它们在凋敝，它们在暮色的另一面

还有庆幸，我能从此望见归途
此刻，是俗世之外的老者拥有这归途
他还拥有我所敬畏的道德，和缓慢……

（原载《星星》2016 年 4 月上旬刊）

简 评：

这首诗是非常贴题的，但需要那种非常较真的人，一个字一个词地去解读。

这首诗也是非常有味的，但必须有点儿不食人间烟火，才行。

（黄 钺）

月光骑着白马散步

孙俊良

今夜，月光骑着一匹匹白马
散步，或者缓慢地蠕动
怕惊了一枚草的休息
怕惊了母亲的小柴扉
怕惊了母亲思念儿子的梦
月光把一小块忧郁踏得粉碎
月光洒下一朵又一朵白色的歌声
时光牵着白马的缰绳
月光没有时光勤劳
时光是月光的兄长
这些成群结队的马呀
不忍踩伤绿豆大的一颗乡愁

（原载《绿风》2016 年第 2 期）

简　评：

有意境的诗，造语新颖的诗。诗题好，诗情展开也不错。

（张德明）

良宵引

孙启放

谁能说吟哦过度的中秋不是良宵？

时间的改锥不动声色
将星光装饰成不可忽略的背景
唐朝赶来的月亮明晃晃
布施着积存已久的良愿。
我们节制放纵
每个人都认领到适度的空间

当树影摇动
挂在枝头上的桂香减缓了细细的呼吸。
在良宵
我明显感受到灵狐拜月的满腹心事
四野蹲伏着害羞的猛兽
它们的鼻尖被感化出温柔的湿润

白天已被赦免。
我们如愿。
我爱的事物都在月影之下
我爱的人，都散射出迷人的气息。

这是我的良宵，这是众生万物的良宵。

我当然知道良宵不会完整
我早已预留出一个远行者的空缺。

（原载《诗歌月刊》2016 年第 11 期）

简　评：

古往今来，歌吟中秋的诗章不计其数。孙诗人也加入其中，他用“认领适度的空间”、懂得它的“不完整”重新认知这一良宵，从而写出了中秋的某种新意。

（张德明）

乙未年五月二十七日徒步随手记

孙文波

太阳落在马峦山的最高峰，
我在十里之外观看着它的橘红色光
渲染的天空。下面，华侨城游乐场
建在山崖上的观光火车轨道，
以及山腰上的几座仿欧宫殿式城堡，
就像剪纸，沉入深黛色的山影中。
不太像真实的存在。
这让我远远地观望，更像站在另一个世界。
而在山下，生活的混乱呈现出金钱至上的色彩。
一套房子可以使人终身成为商业奴隶。
更不要说矗在山腰上的别墅，每一幢，
都是这个社会百分之九十九点九的人，
不可能得到的梦。至于我，连梦都早已不做。
我已经把漂泊纳入生命的日常。不管是这里，
还是其他的任何地方；
我不需要有一个属于自己的地方。只是寄居。
我的欢乐从来不融入到某一个城市之中。
就像现在，对于我太阳和山峦只是风景。
不管它叫马峦山东部华侨城的落日，
还是叫成都的落日。我都是过路人。

（原载《山花》2016 年第 7 期上）

简　评：

这同样是一首奇诗。首先是难得一见的题目，接着是难得一见的写法，有句谚语叫“空手套白狼”，这首诗真的“套”到了。

还是让我把话题扯到《笑傲江湖》的风清扬身上，他教导令狐冲的那句“无招胜有招”，在此，又一次显灵。

（黄　钺）

忘　川

太　阿

现在我和脆弱的心脏一道承受。
只有忐忑，在心虚地站立的地方——
高尔寺山，剪子弯山，
卡子拉山，兔儿山，海子山。
千山万壑、茶马古道、高山草原，
把所有晨昏美色收归镜中，
不敢快速走动，甚至不敢大声说话。
我已经走遍世界大多数地方，
只有这条天路才刚刚开始。
所有的拐都是为了接近天空，
从溪谷到茂林、草甸、荒石，
阳光已安排好各自命运。
梦年复一年提醒前来叩首，
消耗着青春、爱情与事业，
因此来了不敢睡去，除了担心不再醒来，
更害怕错过每一道光线的剖面。
即使拥有的只是越来越稀薄的空气，
但每一次站到高处都得以看见
远处的雪峰、近处的经幡、昨天的生活。
忘川永远在山的那边的马背上。

（原载《诗歌月刊》2016 年第 6 期）

简　评：

“阳光已安排好各自命运”，观景，其实也是在观己，个中意味令人品嚼。

（张德明）

暴雨过后

唐不遇

暴雨过后，我们重新
来到大地上。树枝上挂着
被雷击中掉落的闪电

仿佛滴着水珠的白丝巾。
我们在阳光下挥动丝巾，
却没能照亮那些湿漉漉的影子。

我们看见一群蚂蚁爬过
拱出地面的石头、树根，
它们的旅途难以想象，不时被流水阻拦。

我们听见自己突然停住的脚步。
在我们身后，泥泞的脚印
被迅速晒成泪水干枯的眼睛。

而影子像突然飞过天空的鸟儿
扇动着翅膀上的裂缝：
风穿过裂缝，就像穿过幸存者的眼睛。

（原载《扬子江诗刊》2016 年第 2 期）

简　评：

“影子”意象在诗中几次出现，表意功能十分强烈。

（张德明）

策划一场浪漫主义的别离

唐继东

我不过是一朵莲花，误入了时光
不是一定要这样——
我哭着来到世上，你们在笑
我笑着告别了厌倦了的凡尘，你们
在哭

那一日，我白衣安静
要有一辆阔大花车，开满白色的莲
我要住进一座新房子，一定要是
量身打造，有镂花的窗
可以传出，叮咚琴音
要有几个小格子，放进那朵蓝色的莲上莲
还有两枚银簪，一枚，有着景泰蓝的坠子
一枚，坠着一滴夕阳

那个最爱我的人，要骑着晶莹的白马
向黛玉借来她的香锄，给我建一座
最美丽的花冢
开满清风、月光，和
一句句清雅的诗行

我要住在那池，梦里的莲塘
每当暮色初合，便袭来
淡淡的清香……

（原载《绿风》2016 年第 5 期）

简　评：

想象中的与世界告别，也可以如此幻美。
不过，再幻美的死亡，都是令人感到凄清和伤感的。
因此，不想也罢。

（张德明）

剥洋葱

唐小米

姑姑在剥洋葱
洋葱让姑姑流泪
洋葱因为开不出花委屈了一辈子

剥去旅居地、迁徙地、暂住地
姑姑要剥出洋葱的籍贯
剥去死掉的丈夫、打工的儿子、走失的狗
摔碎的鱼缸
姑姑要剥出洋葱的命运

一层一层，不停地
姑姑，像在掘开自己的坟
像要越来越快地
挖出自己

在这个村子，这个午饭时辰
有多少人在剥洋葱?
有多少人像姑姑一样
不停地
流着泪

（原载《星星》2016 年 11 月上旬刊）

简　评：

生动、细致、出新。
有血、有泪。
高！

（黄　钺）

隐　士

唐　毅

涪江边上的大山不大
但山幽、林茂、泉甘……隐居其间的士
没想过留下名字
只用山泉浇灌荞麦和菜蔬

在茅屋读书，也去水边垂钓
但从来不去城市
偶尔下山，也只是沽酒或者买一点盐
然后留下谜团和揣测

（原载《十月》2016 年第 3 期）

简　评：

这样的隐士，虽然现实中并不多见，但其生活方式，让现代人极其艳羡。

（张德明）

悬　崖

唐致水

这些枝丫，因为疼痛就变成了悬崖
叶子无法站稳，掉了下来

我们主张的美多么残忍，一个深渊
路过渊底，看见自己坠亡，竟有了轻生的念头

无数断掌在地，但不曾远离
仿佛和身体有着无线的连接

多么相像，每一个生存的过程
都有一个悬崖。抱紧，需要一生。

（原载《星星》2016 年 9 月上旬刊）

简　评：

让我惊呼，这首诗发现了一个新大陆。

这个新大陆，居然就在我们眼前：叶子从树上掉下，一个多么形象的悬崖，却因为缺少“物证”，而一直被忽视。

还有，“抱紧”，真的“需要一生”！

（黄　钺）

在车上忆起白银似的童年

田　暖

那种呼啸而过的，似乎已不仅仅是风声
穿过去。似乎总是记忆
如同从身边呼啸而过的群山
在青葱含黛的光晕里
我常趴在南山的瓜园里望天
锦缎似的云，棉花似的云，碎鳞似的云
翻涌着波浪
该怎么放逐一只舴艋舟呢
是我全部的秘密，父亲手推车里的果实
天黑时分
星星提着灯笼，我们打着月光
沿着盘山小道回家
似乎年年总是如此
似乎只有在经过一片坟坡时
才会猛地陡起一阵恐慌
突然捅破
安稳妥帖的寂静
一下子就把人推到流星的位置
哦，怎么又到了这里？似乎此刻
擦肩而过的星火，又把我领了回去

（原载《绿风》2016 年第 4 期）

简　评：

童年和坟坡，生命的起点和终点，无拘无束和一阵恐慌，两种人生状况在诗中遭遇，逗引出我们心间的无限感慨。

（张德明）

许　我……

田晓隐

许我一座孤山，斩断水路
放舟无门。拍打桅杆，一拍生白发。
许我两面镜子
左右摇摆我都是个余数。
我剪切自己的身影好比赤手按向刀口。

许我一小撮光阴吧
我置身别处，练习拼凑黑白的加减法。

（原载《星星》2016 年 1 月上旬刊）

简　评：

有些诗歌，就像时装表演，是穿不上街的，却是一种“穿”的艺术。

作者显然在展示她刚刚裁出来的一套短装，轻盈而别致，有的地方耐人寻味，尽管有的地方，“春光乍泄”……

（黄　钺）

立秋过后我们假设相爱

童作焉

这次，戏剧诞生在烂熟的苹果。我吞下
整个夏天，像饮湖畔的水。对视的时候，
一场风景在白色的纸张上发端。

多愁的旅人，暂居别离之地。你的眼中
水雾蒸腾，并成为我心里的云。
休止符跳动，如心脏挺进深海。

你是立秋过后的一个词汇，充满反复的修辞。
像是为了养活生活的勇气，必须白日做梦。
我们在对谈中缺氧，假想于没有方向的光。

一个诗人多么可怜。
诗人的灵感全来自于你。这意味着，
你离开的时候，我也将一无所有。

在厨房里，在大街上，我想象不到她。
站在万里长城，全国的风向我涌来。
假设之甜：天色未晚，我们还年轻。

（原载《诗刊》2016 年 10 月号下半月刊）

简　评：

直言：对这首诗我是“一时糊涂”的，但并不妨碍我会爱上它。直言：对某些看不明的诗我原本也非常恼火，但转念一想，正是这些有意地让人看不明，让写诗这门“手艺”，保持了一种神秘与再次转身的余地……

另，这首诗还有一段似是而非的话让我忐忑：“一个诗人多么可怜。诗人的灵感全来自于你。这意味着，你离开的时候，我也将一无所有……”

（黄　钺）

父亲的异乡我的故乡

万　绿

我又回到了故乡
回到我第一次啼哭的那孔窑洞
回到母亲用一辈子炭火才烧热的土炕
回到舔化一片雪花走失一个日头
都让我热泪盈眶的地方

父亲闹革命闹到黄土翻滚的群山里
直到去世也没回成他的“乔家大院”
在这寒风年复一年吹瘦荒冢的山上
三十年前父亲临终时的声音清晰如昨：
把爸爸送回老家安葬在你爷爷脚底下

我没回过老家也没见过爷爷
可连降七天铺天盖地的大雪像疯了一样
阻止父亲的遗愿并将他的棺木慢慢覆盖
一条黄河封冻天地阴阳
我把父亲的异乡埋成自己的故乡

父亲的梦中再也摸不到爷爷的脚跟
摸不到他十六岁离家出走时藏在地窖的优等生奖状
而他日渐风化的墓碑前几乎每年有一次
我的哭声穿越父亲只有苦难没有辉煌的人生沧桑

母亲呢，亲爱的母亲还能听见我的呼唤吗
我再也听不见她向我诉说战火诉说饥饿
诉说那个背着盒子枪的区长怎样一见钟情
在黄河边“连哄带骗”让她先后成为七个孩子的亲娘……

无定河养大的女儿最终在北京城火化
是我将母亲的骨灰抱过太行抱过黄河抱回这片黄土梁
母亲一辈子都是父亲的附庸
只有在没有光亮的世界她才位居他上方

父亲的异乡我的故乡啊
你会不会责怪我背着偏瘫的母亲

出了那么撕心裂肺的一趟远门
父亲的异乡我的故乡啊
你会不会抱怨我最终没能让父亲
从异乡回到他念念不忘的故乡

土壤和水分氧化和腐蚀着尸骨和岁月
看着健壮魁梧的大儿子跟在我后面上供磕头烧香
我知道
父亲离他的故乡越来越远
而我离自己的故乡越来越近

（原载《诗选刊》2016 年第 9 期）

简　评：

这首诗尽管叙事稍显过度，但其对父对母的情感浓郁而深切，令人感动，也因此弱化了叙事的冗杂和拖沓性。

（黄　钺）

库都鲁克大峡谷

汪剑钊

温宿。吉普车。峡谷。
崎岖的山路像大小不一的门扉
迎接不速之客，慌乱地敞开，
透显凶险的浪漫……

蓝天下，我倚靠一棵古老的胡杨，
低声吟唱，在沙漠尽头
寻找一朵蓝色的玫瑰。是的，
这是美，美得像美的妹妹……

红土，蜷伏如猫，
安静的呼吸
带给我异样的怜悯与恐惧，
时间的孤烟升起……我的
目光撞击沉默的碱岩。

陨石与人之间的一线天，
仿佛一道永恒的伤疤。
爱是一种能力，久已被世人遗忘，
在抒情被流放的年代，
为了一首诗的形成，我
捡拾灵感的残片和思想的渣滓，
旋律在知识深渊之上飘荡……

正午的歌声响起，催动退潮的洪水重新奔涌；
子夜，星星被反复吟咏，
揉搓成一个个馕样的月亮；
遍地的石头绽开圣者的莲花，
成为引领沙粒的旗帜。
穆萨莱斯流过我的身体，
犹如塔里木河秘密穿行在塔克拉玛干。

坐在爱人的身边，我的思念
依旧比节日的篝火更热烈，
抒情的叙事让每一粒沙子都变得滚烫；

而一场意外的沙尘暴却压断了
芨芨草细小的脖子，
叹息像一滴水流进干涸的峡谷……

（原载《扬子江诗刊》2016 年第 5 期）

简　评：

有诗样的细节，有宏大的想象之美……一首五官端正的好诗，大概就是这样的吧？

“时间的孤烟”，把虚的化实；一道伤疤一样的“一线天”，把实的化虚；“一个个馕样的月亮”，虚实相倚。而那个溶在诗中也独立在其中的“我”，更是让一条原本死寂的大峡谷，生出了无尽的诗意……

（黄　钺）

厌　倦

汪　抒

他厌倦了他的生平经历。
总之，他厌倦了。

但还是可以改变的，尽管也是以单调代替单调。
这个人现在用另一个人的经历
换掉了自己的经历。

另一个人，谁?
也是一个不认识的人，独自挺进在社会上。
这也与他一样，闻无所闻
默无声息。

仍然保持自己的面孔和身体。
他把另一个完全臆想中人物的经历
当成自己曾经的生活。
没有亲身遭遇过的生活更令人好奇
更会被确认为
毫无置疑的事实。

他觉得有了迥异于自己的新的人生。
自己完全是自己之外的一个
陌不相干的人物。

（原载《诗歌月刊》2016 年第 11 期）

简　评：

一个厌倦了自己的人，是有权利胡闹一下的，上帝偶尔也允许。但生命的轻与生活的重，你掂一掂吧，会心里有数的。

（黄　钺）

滇中狂想曲

王单单

这次我落草为寇，隐身百草岭
积木成屋，窗口向南
能看到，山下的集市
摆着芦笙和唢呐
唱歌的咪依噜，头戴马缨花

这次我削发为僧，六根不净
昙华山中点青灯，睹佛思人
下山化缘时，偷偷在摩崖上
刻她的名字，把恨
刻得像爱一样深

这次我采菊东篱，见枯木
死而不朽，朽而不倒
岁寒，然后知松柏之后凋
借山中木叶，吹一曲《梅葛》
替它还魂

这次我饮酒成鬼，囚于大姚堡
黑夜之中写反诗，我歌月徘徊
我舞影凌乱。一个被埋的人
他还没有死；一个死掉的人
他还没有被掩埋

这次我在滇中赶路，找自己
路过姚安府，途经龙华寺
写诗，喝酒，爱陌生女人
再重申一遍，我姓王
真的不是你们所说的
那个姓徐，名叫霞客的人

（原载《诗刊》2016 年 11 月号下半月刊）

简　评：

这诗有酒味，语言的频率有快意恩仇的侠客味，再细嗅一下，还有点儿鬼味。

所谓五味杂陈，大概如此吧。但既为狂想曲，最后为什么要搬出“那个姓徐，名叫霞客的人”呢，一人做事一人当嘛。他徐大哥可是我心目中的“神”……

（黄　钺）

散花楼

王尔碑

明月如水
楼台如梦
何处箫悲凉
说三千年前那一瞬间

伊人散花
亭亭玉立
看满天蝴蝶彷徨
忽忽泪下如雨
忽忽如玉鸟
随风飞去，随浩浩花海飞去

年年夜夜
玉鸟归来
在散花楼下徘徊

（原载《绿风》2016 年第 2 期）

简　评：

王尔碑，1926 年生，已是九十有一。散花楼则建于隋朝，唐朝著名诗人张祜，早已写下七绝《散花楼》：“锦江城外锦城头，回望秦川上轸忧……”

此《散花楼》的外观已颇现老旧，是否为旧作新发？但其韵其调依然浓郁而忧伤。老调重弹，杀伤力好像也不容低估。

（黄　钺）

橙　子

——给 w

王　浩

在橙子的光彩中，你的手曾伸向宇宙
那儿北斗星有时落在我们的餐桌上。
冰凉，像橙汁里的冰块，糖分早被吸干。
两个孩子在操场上追着足球飞跑。
有时你不吃鱼，空气从刺里面探出来，又进入树的
顶端，星期天，我们看着它冠盖发黑：
从铅笔般的人脸中隐匿入动词，一个人们争相
在死亡中写上一笔的“我是”，被无数个
陨石般大小的“并不”取代，被揉成一团，
撒在篮子里，像波塞冬心满意足的表情。
像是公园的猫，我们曾小心呵护，
用牛奶的手围绕它，那算不得什么的甜，
白色的苦，和让人轻轻呷舌的酸。
有时，她看到地上的花朵墓穴一般擂击，
在你的记忆中，弯腰的人们像雷管般燃烧，
但响声却小于闹钟的注视。每个早晨，
眼睛惺忪，有时我向你吐露风中的王国，
而窗外两只布谷鸟等待着。

（原载《诗刊》2016 年 8 月号下半月刊）

简　评：

赠诗的意味，或许只有那个被赠的人最能心领神会。我懂得，那橙子的光彩里，藏着诱人的故事。

（张德明）

山冈上

王　琪

我们原本可以这样爱着：
像两棵树，紧紧依偎在峭壁
像两条河，在落日下交汇
像月光，轻抚面额
像你的手臂，揽着我腰间

可我们没有
我们快要老了
是什么，隔山隔水
晚风，吹落一地花影
像诉说着往昔
像岁月低回的余音

夜色越来越近
这空阔，像尘世最后的美
像我们不曾来过
这小小的人间

（原载《绿风》2016 年第 3 期）

简　评：

山冈上有两棵树，贴得很近……

作者的心间，那两棵树却离得很远。他只能动用诗人的特长，在一张纸的前面和后面之间，做起了手术……

（黄　钺）

爱　情

王山林

母亲从不给父亲上坟
也从来不跟我们一起去——
二十三年了
她生着他的气

她也不关心我们上坟回来
脚上粘连着的新泥
只把小孙女从坟头上摘下的梨花
那小小一枝，哄下来

略带欢喜
偷偷放在她昏暗的床头

（原载《星星》2016 年 12 月上旬刊）

简　评：

我分不清，她真的是在生气吗？需要多大的恨才生得了二十三年那么长……

而一枝梨花，焕发了她的春心？还是……

我想到了爱，因爱生恨：死鬼，你怎么就死得那么早……

（黄　钺）

失眠人手册

王天武

窗外又响起雨声，仿佛在清点失眠的人。
我躺在床上，品味着烟圈，
如何在眼前扩散，无声无息，
连感觉也没有，就像
它们钻进迷宫中消失了。
我隔着窗帘，再次倾听雨声，
如同一群幽灵的小腿和脚，都是一样的。
我想写一本《失眠人手册》。
如同我同情《喜剧之神》，
如同我说梦有分支，
如同吃饭时杨明突然卡住自己的脖子，
许勒说想进入无边无际，
我想写失眠人的自由、黑暗之花，
一只雨夜中飞行的燕子，
人们说的种种不存在。
我突然明白为什么我如此荒谬，
是只对我有效的秘方，
是一种小地方材质，
是什么使我成为错误的人。
我抽了几支烟，又喝了一点儿酒，
没有一点儿负担，
编撰自己的手册说明。

（原载《扬子江诗刊》2016 年第 4 期）

简　评：

题目有创意，“失眠”这“黑暗之花”也让人好生好奇。

（张德明）

在春天

王小程

我爱一些低垂的事物，胜过
一些高耸之物

我爱隐约的鸣叫，清浅的
瓜葛。无所事事的

春天。
叶子慢慢抽出自己，水鸭子
一头扎进河里，是极其舒服的

褪下衣服是极其舒服的，当我们
赤裸相对，有着无言的诉辩

肉体从来不会撒谎
腐朽之人不再有清晰的欢愉

在无尽的低处，旋涡收紧
交配与祭祖是一回事

这，仿佛是最好的开始

——我爱这新鲜的开始
冥冥之中老去的开始

（原载《中国诗歌》2016 年第 9 卷）

简　评：

“春天”可以说几乎已被写滥。这首诗的可圈可点，却扳着手指头也数不过来。

“低垂的事物”暗指了重量；“清浅的瓜葛”代指了大自然清纯；水鸭子扎进河里的舒服是明的，褪下衣服扎进水里的舒服也是明的，只有“腐朽”的身体不敢去感受。而交配是传宗接代，与祭祖的凝重的确有同等意义……

（黄　钺）

在长春

王小妮

我爸爸的月亮
还是那么扁。
越升越高
高过任何我能看到的天体。

他一个人的蜡烛头
软耷在了风里。
我们的专属
钝的，一点儿不亮
陡立着而不晃眼，吝惜它的光
这样就对了。

拉门的缝隙做着很长的梦
我一直在那儿捏碎下一颗夜明珠。
满城的人都睡了
白袜子松脱的爸爸
为着某件事儿
还在一个人赶路。

他走过的地上好白呀。

（原载《诗刊》2016 年 11 月号上半月刊）

简　评：

王小妮还在写，20 世纪 80 年代诗歌之树继续在 21 世纪生长，这本身就是一种传奇。

何况，这又是一首回忆父亲、难忘亲情的好诗。

（张德明）

相信爱情

王晓波

在空山新雨后几度怅望
在浔阳秋瑟中几分相送
隔着多少春秋　千百度　遥望
枯禅苦等中
洒落了多少唐风宋雨

佛说缘定前生　几多前尘往事
几回人闲桂花落
千百次凝眸换来今生的擦肩
浮生多变
别问　别再问
今生相遇是缘是劫

几度彩霞满天
几许风雨满途
撑伞默然走来
盼只盼　能与你途中遇见
相信爱情　相信未来
你我能在途中遇见
只盼与你途中遇见

（原载《诗歌月刊》2016 年第 2 期）

简　评：

有古典韵味，也有某种歌词之风。

（张德明）

冷月亮

王学芯

走了不少路　冷月亮
坐在安分的阳台上　脱尽光泽
靠在金属的椅背上

随身携带的寒风　来自天涯的荒野
透过缝隙　覆盖双膝
战栗是种改变

眼前的河宽阔弯曲
一只被存放的船在发黑的岸边
轻得不能再轻

从大脑到脚趾
一动不动的脚　脱开鞋子
风尘已在遥远的地方

冷月亮结着薄薄的冰
只要抬眼凝望　紧身的寒风
就会把我越裹越紧

（原载《作家》2016 年第 6 期）

简　评：

诗歌散发出超现实的生命体验，不能不佩服诗人所具有的敏锐的身体直觉和对事物超乎寻常的感知能力。

（张德明）

马

王有尾

5 岁那年
我从马背上摔下来
一匹老马
干了一天的活儿
脾气变得异常暴躁

25 岁那年
我从马背上摔下来
在巴里坤草原
那匹马脱缰之后
撒欢地跑向远处的马群

今年我 35 岁
又从马背上摔下来
身子变得，空虚无比
那匹马愤怒地撇下我
游向梦中的深海

（发表于《诗潮》2016 年第 7 期）

简　评：

三次摔下马的经历，三个不同的年龄阶段，三种不同的人生记忆，拼合成人与马的交往史。

（张德明）

去下雪的山中打猎

韦　锦

这并不刺激。寒冷使我们不无懊丧。
贫穷让时间走上小路。
鹅掌楸，黑橡树，多丫杈的白皮松，
对任何脚印都提高警惕。

一只小鹿出现让人紧张，
猎枪长长的，枪膛里没有子弹。
瞄准，勾扳机，
不击中它，是让它跑远。

在枪套上刻痕，计数，看我们
能放走多少机遇，谢绝多少恩惠。
天黑以前，回到屋子。

雪在锅里融化。
眼睛里的亮光正好看见，窗对着窗，
你伸出手，大笑之后翘着嘴角，
看吧，看我们坚持多久。

（原载《扬子江诗刊》2016 年第 3 期）

简　评：

这个题目就足够我们好好喝上一壶。

进入诗里（而非山中），更出乎我们意外，更值得喝上一壶：诗里有几个猎人？这帮家伙，肯定是缪斯派来的诗人，宁愿在锅里“下雪”，也不杀生。

但愿他们，至少能坚持一万年。

（黄　钺）

简单生活

苇　欢

孩子爷爷是个正儿八经的农村人
吃了一辈子地瓜、煎饼和咸菜
依然初衷不改
顿顿都吃
饭后嘴一抹
自个儿趿着脚下楼
提两大罐山泉水上来烧水冲茶
烧的时候他搬个凳子坐一旁守着
约莫水快开了他直接蹲在壶边
等第一缕白气冲出壶盖
准时断电
再抓一小把瓜片丢进茶缸
一股沸水冲下
看到茶汤绿过小葱
他就乐了，真乐

（原载《诗潮》2016 年第 4 期）

简　评：

简单生活，令人快乐。
不过，情绪结构，也稍显简单了些。

（张德明）

初春或更深的呼吸

温秀丽

这时候，我渴望
能在石头上凿出蓬勃有力的花朵
能够说出火焰的秘密
渐渐收敛的锋芒长成了倒刺
安慰、舔舐着一道道伤疤
它们的泪水避不开鲜艳的血

渴望一场风来临
吹散雾霾吹散被时间扯断的故事
从一粒粒光芒中拿回掉在地上的影子

一个人的孤独和一个季节的孤独
有着一样的分量和尺寸
时光尽处的那点薄凉
随着初春的呼吸矮了下去

（原载《绿风》2016 年第 4 期）

简　评：

粗读一遍我就愣住了，尽管我还不知道作者具体说的是什么，但语言与诗织成的那一张网，闪着沉着的韧性，已在将六神无主的我：捉拿。

回到题目，这诗必定和“春”有关。再细读内容，“冬”字尽显……诗的妙当然在“更深的呼吸”中，因为它带来了内在与外在的更加隐忍，却也恰恰带来了力量。

（黄　钺）

茉　莉

文　西

茉莉开在二十楼，一朵朵小花
离星辰近，离尘世远

昨天，一个女子从阳台跳下
那是一朵反茉莉的花，留在
空气里的疼，将茉莉的目光剥得空荡荡

所有的花开，都像在打开一个结
——但这是徒劳的，所以
星星们只闪烁，从不开花，所以
花开一瓣，幽灵会在电梯里哭
花开两瓣，棺木会越过郊外的山冈
花开满阳台的时候，浓烈的香气
像锁链，锁着宇宙的秘密
而湘雅医院太平间里的男人
守着的静寂，像被遗忘的人间

每朵花都要努力在枝头站稳
因为一失足，空气就会疼一次，就会有人
沿着那疼提前回到天上

（原载《中国诗歌》2016 年第 2 卷）

简　评：

有人跳楼了，从二十层跳下。如何把它变成诗？我看见作者从楼下经过，抬头仰望，望见了二十楼阳台上那一朵朵开着的茉莉。

这人间的悲剧，顿时化成两道泪水从作者的脸上流下，再流进这首诗歌……

（黄　钺）

一个良夜

文　珍

“我没有朋友。”
从公交车站往回走的那一个小时他想
在这个空旷荒凉的春夜
他意识到生而为人的孤独
和路上偶然遇到的一只鸟没什么两样
它有时也和同伴一起站着
叽叽喳喳
但更多时候各飞各的
各自找食
各自寻欢
各自遇险

（原载《诗刊》2016年8月号下半月刊）

简　评：

诗的内容里只有“空旷荒凉的春夜”，但作者却把题目命名为“一个良夜”。

因为，这个“空旷荒凉的春夜”让他开悟了。那种心酸、心痛、心伤，不着一字，却溢满了纸面……

（黄　钺）

天　堂

巫小茶

露水打湿了睫毛上两排
坚定的士兵
它们想念上半夜的云和下半夜
死去的鸟。
鸟羽上
栖息着一片莫测的天空
胸腔里裂开一片无声的空谷
我终于寻到这里
安家落户
带来一些云彩、瓜果、雨水和虫鸣
为了王子和公主
可以过上幸福的生活
露水种下了眼睛，我种下了心

（原载《星星》2016 年 1 月上旬刊）

简　评：

“天堂”是什么样子？谁见过？谁经历过？因此，对于它，怎么想象都可以，怎么写都行，但有一条，必须写得美，必须写得动人。

（张德明）

小青虫

无　常

小青虫经漫长跋涉，
踅入一棵卷心菜。
他找到菜心，
安顿下来……耶！
他挪挪柔韧身子大赞：
好一部论语好一部论语！
可读上一辈子啦！

（原载《诗潮》2016 年第 12 期）

简　评：

小青虫与“论语”对接，二者相距悬殊，由此撞生的诗学张力也就显著了。

（张德明）

黑暗不过是一枚旧词

吴春山

那时我正陷入一场叵测的梦
混杂于事物之中，猜测世界是什么颜色
没有人排斥，或疏离
我驯养的小兽
它们偶尔从不安中醒来
带着白昼诱人的腥味
那时的黑夜是一只敞开的口袋
时间也是
人们大多习惯忽略离别
忽略相似的宿命，以及渺小喊出的痛
人们争相穿过黑暗
成为尘世轻易俘获的一部分

（原载《山花》2016 年第 4 期上）

简　评：

黑夜书写，黑暗想象和体验，是中国新诗中的一个重要内容。这首诗指出了人们对黑夜关注和想象等的忽视，这是该诗出新的地方。

（张德明）

桃花潭的鱼和红土

吴　橘

傍晚很慢，带给我们
均匀的时空感。
她们说，住在塔里的女人，
要通过建筑学去理解。

这里正好有一排
河边的建筑。
椽木的房间，幽暗，
看着捧着书突然唱起歌来的红土，
我觉得存在另一个世界。

河边的建筑
映倒在河水里。
河里的鱼，
要通过光学去理解。但并不是这么几条
简单的光线。

（原载《诗歌月刊》2016 年第 3 期）

简　评：
通过外在环境来了解居于此的人和物，总归是有道理的。

（张德明）

以　外

吴少东

人进中年，喜穿软底鞋走路，将席梦思
翻过来，睡硬板床，一夜无梦。
闲来常想石头、湖水和井
至坚、至柔和深埋的缺陷。
不是山峰和海洋。那些高大的事物
已耗费我的半生。
不去想宇宙是闭合，还是无限伸展
这个问题曾让我发狂。
专注菜叶上的虫眼，甚于
星空中的虫洞。现实以外的东西
比现实更让我失望

这并不表明我没有想法。
我将一些词翻出来，搬到另外的地方，
给青春的骨头找一座坟墓，让墓志铭
警示我的午后。或者
划定直线或曲线，在易于识别自身的空域
飞翔，没有以外，也没有意外。
将一扇门打开，又关上
往复、启合间，每有妙意。
就像这些年来，怀抱石头爬山，
一个趔趄，石头跌下山去，然后
重新抱起、攀爬。而那些滚落的声响
我忘记了

甚至忘记了山上的塔，沉于
湖底。像井。像我抑制的性欲。
在峻峭处建庙，在灰烬里插上香骨
远离轻飘的言语、呻吟和祷告
像井壁，固守着浪，又消解着浪，
青苔模样，示人以春天。
心设慈悲道场，宽恕宿敌
无动于衷的水域，也宽恕
庸常的诗句。不指认爱与虚妄，
将一座桥横陈水面之下，抵制两岸

以保持湖的完整与骄傲

有那么一两次，想否定愿望
否定湖面的犹豫、庙宇的徘徊
将自己像钉子一样钉入大地，国土疼痛
病树上开出花来

（原载《诗刊》2016 年 2 月号下半月刊）

简　评：

一匹布。如果从中截断，上面可做一件衫，下面可做一条裤。但作者把它搞成了一件长衫，我是“外人”，又能怎样？

（黄　钺）

奔跑着的秋天

吴向阳

我把自己扛在肩上
我要去拜访情敌、失眠
和奔跑着的秋天

我还要去拜访哭泣
如果你是哭泣
我就只能是你的眼泪

我要去拜访我的仇人
和他如花似玉的女儿
我要谦卑地交出
我的热爱和倾听

我要去拜访我过去的某一天
告诉它，我多么想
回到它那里
然后，我要谦卑地
交出整个自己

但我不知道我还能不能
把自己完好地
放下

（原载《华西都市报》2016 年 6 月 11 日）

简　评：

若干个不可能实现的“拜访”，巧妙地说出了内心的真实想法。

（张德明）

生日纪念

吴雨伦

感谢 1995 年以前的所有人
感谢你们
走出山洞
生火，打猎，生老病死
感谢你们
不遗余力，哺育婴儿
每一代的婴儿
感谢你们
杀戮，战争
发明创造
感谢原子弹
感谢暴君
不然
你叫我如何相信
1995 年的意外

（原载《诗潮》2016 年第 5 期）

简　评：

的确，一个人来到世上，有着无尽的偶然，其间的链条，哪怕是一小节的断开，故事都会：改写……

（黄　钺）

清代吴家豪宅

梧桐雨梦

清朝遗留的豪宅出奇安静　有时唇齿相依
有时各自守成　没有人怀疑真实的历史
更没有人图谋不轨　侵吞　颠覆　或者不恭不敬

有人不远千里　而我只需要一小时四十分钟
路险　宅安　容易让人排除杂念
走进窑洞　摸摸下院错落有致的青石板
看看石头的天下　方言　古建筑学　不一样的
大清味道

上院是我喜欢的　老北京四合院的格局
以砖木结构为主　没有缝隙　不生悲喜
有时　是肉体的安静　让精神生出
入世者的光

我不想猜测豪宅的主人什么模样　我只关心场景
我不会追问他们　没有呼吸和温度　许多华贵都是世袭的
我不追问　他们占山为王时　我还不在尘世
我找不到合适的词语与他们对话

我不追问他们　包括四季更迭和他们
无法复原的一生

（原载《诗选刊》2016 年第 10 期）

简　评：

题材可以说是旧的，但若能去掉最后的两行，这首诗的视角，新得有点令人称赞哦。

（黄　钺）

风

西　川

风终将吹来，启示命运
风的马、风的鹰，昨夜已在
我的梦中张挂了风铃
夏季疲倦于干渴，风终将吹来
有人已将蜡烛端出居室
有人已在娓娓低语，讲述天堂——
一阵风

一阵风将在人间吹起波澜！
把固执的雪莱吹得哗哗作响
把老鼠们吹得翩翩起舞
一阵风将闭力推开
鳏夫的房门，邀他登高望远
望见心花怒放的姑娘
走在风中

对于收藏岁月的孩子，风是
崇高的帮助：吹落父亲的帐木
母亲的信札，让他弯腰拾起——
风终将吹来，当夏季结束
我们这些穷人将啜饮
一杯清水，阅读一部描写风声的
书籍

（原载《诗刊》2016 年 6 月号下半月刊）

简　评：

“风终将吹来”，世界将会有所改变。

（张德明）

在晦暗的山径上眺望银河

西　渡

在明灭不定的山径上一遍遍徘徊，
树后的星空如天使捂着受伤的脸。
接近午夜时，我们相继陷入沉默。
话说完了，头顶愈益明亮的银河
却像猜不透的谜横亘在你我之间。

人间的事偏于晦暗。望中的灯火，
仿佛情人依偎的私语，俯首之际
看见滚烫泪水顺着你的脸颊流下。
也想替你擦去泪痕，寒冷的山风
却冻僵了我的手。这是中年的暧昧。

另一阵山风吹过时，你我心底激跳过
一阵阵苦涩的战栗。属于未来的日子
属于命运玩剩的牌。对于是否退出
一场没有赢家的游戏，你我都没有
十足的把握。所有的犹豫和决心最终

归结为临别的祝福。那身份不明的
从银河的背面窥伺我们：你我都清楚
以往的痛苦并不能用未来的幸福清算，
正如此刻，天上灯一盏盏熄灭，变暗
我们的心也一点一点地变凉，变平静

（原载《扬子江诗刊》2016年第5期）

简　评：

西渡不仅能把诗行排得像豆腐干那样整齐，而且丝毫不影响诗情的表达，真的令人赞叹。

（张德明）

野忍冬

西衙口

我有一种头疼，可以治愈忍冬的表达。
但不包括那些从栅木里继续跑出来的枝条
以及更靠后的那些完全隔膜的打听。
吴侬软语，一张嘴耽误在另一张嘴里
一个尾音压抑着另一个尾音而缠绕不断。
野生的街道，野生的情节，像我的家事秘不可宣。

（原载《星星》2016 年 10 月上旬刊）

简 评：

这首诗，“反” 了……

（黄 钺）

我对生活一无所知

肖 寒

最初，我是对自己一无所知
我小心翼翼地看着自己
有时越来越难过
有时越来越快乐
那时，我听到的和看到的
全部来自于自己
后来，我对男人一无所知
他们是我最不熟悉的一群人
他们使我变得偏执、狭隘、孤绝
他们是我对一切事物错误看法的诱因
现在，我对生活一无所知
它占有着我，并最终
耗尽我的爱和所有

（原载《诗林》2016 年第 4 期）

简 评：

结构上十分清晰，最后三行构成了此诗的亮点。

（张德明）

艾　草

肖　水

似乎，与你说的尘世相反，
有三种苦可以归为荣耀：慷慨，悲悯，以及孤独。

我愿在年轻时就死去，头顶的云彩比平时多一些，
而家人继续为一株淡绿色小麦劳作，他们漫不经心，汗水淋漓。

（原载《诗刊》2016 年 7 月号下半月刊）

简　评：

肖水的新绝句，值得关注。

（张德明）

监视生活

潇　潇

下午醒来
天气没醒，阴沉沉的
电脑打开，总是错行
像上午和下午

空气中有木炭的香味
去吃烤肉串吧
舌尖上的口水
阳春三月的雨

电梯每一层
打着顿号，停一下
有一层
没有亮灯的按钮旁
“禁止吸烟”
被撕掉下半身

监视器下
匆匆出去的面孔
匆匆进来的面孔
都是一个面孔

庭院花坛中心的女神
迎向大门，探头
监视着路过的
每一个人

（原载《诗潮》2016 年第 10 期）

简　评：

“监视”，已然成为现代社会的一个关键词。可以说，我们每个人的生活，无不是在某种监视和监控下的生活。

（张德明）

弧　度

小布头

表演柔韧术的少女
在舞台上倒立，屈体，如数字9。足尖上的玫瑰
插进　低于身体数倍的　高脚杯里

我想起一个雪夜
大地的杯钵，盛满冰激凌，父亲的自行车前杠
驮着还小的我。我们喊着冲啊，飞下斜坡

自行车腾空，我们的身体腾空
我毫发无损，父亲环抱我的四肢
石膏绷带，缠着一位会呼吸的雪人

多年以后我还在慢镜头里追忆
大地又不是蹦蹦床
何以把我们弹出那么高？父亲又不会柔韧术
何以能够折叠身体，搭建苍穹？

直到我成为母亲，某一天面对楼梯，黄昏
和我的身体一起倾斜
我的大脑、腰身、手足，合作得天衣无缝

每一截肢体弯曲，都守护着肚子里的孩子，都构成
身体几何学无法完成的
爱的弧度

（原载《诗歌月刊》2016 年第 1 期）

简　评：

用物理学术语，来描叙生命的情态，形象而有力。

（黄　钺）

小米粥

小　景

餐桌上，细瓷碗里盛放着小米粥
一小粒一小粒金子般的植物籽实，仿佛一群
拥有信仰的灵魂
一双手，和无数双手
把它们从陌生，而荒凉的尘世里解救出来
并褪去所有沧桑缝制的外衣

爱是此生的诺言，它们无限信任
赤裸着自己
跳进水里洗去风雨带来的忧伤
还要经过火，把那些暗夜里生长的孤独，与寒凉
慢慢煮热，煮熟，然后它们互相认识
拥抱，依赖，相爱

终于，它们把自己爱进对方的身体
在彼此的身体里，找到了另一个自己

（原载《诗选刊》2016 年第 11 ~ 12 期合刊）

简　评：

爱是此生的诺言，这是该诗的诗眼。

（张德明）

一 生

小 米

这个孩子刚从母亲的肚子里出来就已满脸皱纹
这个孩子在爱中成长，每天都要充实自己
后来终于饱满，终于脱掉了脸上的皱纹
这个孩子一天天老去，他把母亲给他的皱纹
一根一根地，又找了回来
当他把皱纹全部穿在脸上，总算是找回了自己的脸面
他可以去地下，见他爱着的母亲

（原载《星星》2016 年 7 月上旬刊）

简 评：

这首诗令人称奇，作者仿佛捡起了一块别人视而不见的石头，打磨清洗后，现出了玉的颜色。

（黄 钺）

养石头

笑　童

仔细看，会有密集如针尖的水珠——
扪心之欲发自肺腑，无人接茬。
长夜就此收手，拉开窗帘，你看见生命落叶般随意
天空灰蒙，鸽子远去。

“最无情莫过铁石心肠。
一块石头的心事，在于厄运扑面，纹丝不动。”
你听见死亡
扣动光线的扳机，伴着微笑。

本该吐出水泡，并适时递来疑惑
本该有一连串清脆的撞击，在狭窄的空间。
当它亮出最细微的声响，像一棵水草，摇晃，自语
忍住悲戚。

金鱼死后，你最大的愿望，是把那些石头
养出旷世之美，以便相信，轮回不过是夜晚合上的窗帘
早上再拉开。

（原载《星星》2016年10月上旬刊）

简　评：

石头也需要“养”，因为石头也有生命。

（张德明）

玫瑰之瓷

笑嫣语

我想象：两枝玫瑰作为信物
开在一条道路两端，我以
草木的方式，编织一个人的史记
仿佛静谧之夜，自己从未沉睡
我相信世间万物，遵循体内的钟声
总在黎明苏醒

我惯以拇指挤压穴位，药丸之香扩散
这一刻我伫立于单调的
镜像前，看到另一个
互不重叠的自己

（原载《诗选刊》2016 年第 5 期）

简　评：

世间万物都遵循体内的钟声，我也相信。

（张德明）

醒

谢克强

整个世界都在沉睡　这个夜晚
只有我的笔醒着
它在寻找

在这无法不诗意的冬夜
笔　停在我的指间
没等笔落下　台灯浅白浅白的光
在稿纸上漾起一层一层涟漪
拍击着夜

好想给这个多灾多难的世界
写一首痛彻心扉的诗
让诗里的每个字或者词
隐陷生疼

笔　没有意思理我
依然停在半空　默默无语
像是一个沉思的哲人
更像我的一只渗血的手指
随时准备出击

不要轻易涂鸦呵
如果你的心不淌血　眼不流泪
笔醒着　警告我

（原载《延河》2016 年第 10 期）

简　评：
对于一个诗人来说，对写作的慎重，就是对生命本身的尊重。

（张德明）

珍　珠

谢笠知

夏天，你瘦下去的身子
让我心疼。你那么小，像一根纤嫩的茎。
眼睛纯洁得仿佛一切事物
可以拥抱你。茶花可以，香樟树可以，
巴儿狗、蓝喜鹊，甚至蛇都可以。
我多么想保护你，我的孩子，
当你在我怀中，像藤抽出的细芽，
我感到我是整个世界
和它的对抗者。可我并不胜任。
你的信赖，加深了我对自身的失望
——为什么我不总是柔和的风、海浪？
不总是欢笑的带小金鱼的池塘？
有时候，我也不明白，
我做了什么，值得你这么爱我？
每天晚上，你翻身寻找，仿佛我的手
是会哼歌的花瓣，会发光的鸟巢，是你喜爱的
绿蟋蟀——然后，你在梦里，笑出声来。

（原载《诗刊》2016 年 10 月号下半月刊）

简　评：

题目是“珍珠”，诗中却有“你”和“我”。
看来我们得先用把匕首，撬开珍珠的外壳。

（黄　钺）

我身陷峡谷里

谢夷珊

陷落于此，梦见羊群和女人
我抱紧静默的岩石
仰望峭壁上的巨树、枯藤，上升的浮云
偶见蝴蝶飞来几只，蜻蜓飞去一群

不要轻易把自己的所有全盘托出

我试图，造就出一片斑斓的原野
倘若拥有更多，走出相思林
你也不至于如此孤独。

（原载《扬子江诗刊》2016 年第 5 期）

简　评：

绝境的生命幻象，丰富而纷纭。其实无论处于何种境地，心中深藏的爱总是不会泯灭的。

（张德明）

秋

谢雨新

秋天是一个充满干燥气味的
季节。金黄如地火
烧遍整片荒原

喷涌着碧蓝色血液的
蛇，追逐着光焰
昂起头颅，挺直背脊
由西方向东方——
东方向北方，自由奔逃

在这个季节，鸟叫两声
一声喑哑，带着眉目间的眷恋，划向家乡
一声洪亮，不知道该去什么地方

也是在这个季节
麦子不喜欢麦子的清香
田野不喜欢田野的坦荡

（《诗刊》2016 年 11 月号下半月刊）

简　评：

“金黄如地火”好理解，且宏大壮美。“喷涌着碧蓝色血液的蛇”为何物？显然并非俗“蛇”。而鸟叫两声，却有奇效，叫声的高低，泄露的的确是它们内心的幸与不幸：秋天来了，冬天还会远吗？

最后两句，也属不俗。

（黄　钺）

从来心事两苍茫

杏黄天

一样满腹心事，一样从韶山冲出来
一样从岳麓书院出来
一样站在橘子洲头

一样双眉紧锁，一样书生意气——

只是忘记不一样的自己与不一样的
橘子洲头

（原载《中国诗歌》2016 年第 5 卷）

简　评：

心事两苍茫，历史如云烟。

（张德明）

意　外

熊　曼

一棵树最好的样子
是在春天发芽，开花
香气是一种意外
从树下走过的人闻到了
是一种意外

闻到的人，萌生出一些念头
好的或者坏的，是一种意外
树不关心这些，它专心的开花
它开花的样子多么美

（原载《诗刊》2016 年 11 月号下半月刊）

简　评：

这样的意外，是喜剧。

而唯有专心，才有“意”之“外”的可能，也唯有专心，才会出现伟大的心无旁骛之美。

（黄　钺）

寄居在猫先生胡须上的病孩子

熊生婵

人们不再谈论隐晦的命题
降落或者喧响
山石土田因人而异
有一种刺骨的寒
在松懈下来的瞬间
侵入巢穴

不要问我将去往何方
知更鸟啼鸣的第二遍
林子开始狂热
枯竭的血液
融化成一尾银鱼

我想我是寄居在猫先生胡须上的病孩子
于苍老的厚重中
穿梭在阴暗的巷子
尘世或是极乐

（原载《山花》2016 年第 6 期上）

简　评：

这显然是一篇童话。从情景的拼图中你可看出“悖谬”二字正在起着作用。

其中的不明或阴暗正是童话的特征，因为它们可能指向着某个不便明指的时代。

“猫先生”因此估计指向贬义。

（黄　钺）

排　队

徐　江

生于 20 世纪 60 年代
我们都有过
秋天里提篮拎筐
在粮店外排长队
等着买按人口配售
红薯的经历

那两三列的长队里
几乎每一个行列
都会有班上的同学
但排队的时候
一些人不再说话
他们只默默地排队
好像从不认识

（原载《诗潮》2016 年第 12 期）

简　评：

排队估计不是中国人的发明，排队多数情况下是文明礼貌的表现。

但在一切都缺少，而人众多的情况下，好像不是。

作者却没有在诗中露出一点不满的情绪，而是使用了三十六计中的某一计……

（黄　钺）

娘 说

徐 学

娘说
人老了，鼻清多了，那不是打喷嚏打的
人老了，痰多了，那不是咳嗽咳的
人老了，瞌睡少了，那不是想心事想的

人一辈子活得不容易
看那孤独的老柳树
它把自己活成了一把空心的老骨头
娘还说：你到我这个年龄就会明白
有些事情，可以放在昨天的篮子里
有些事情，必须一辈子揣着

娘还说
现在，我一天比一天老了。你还年轻
找一个知道疼人的人，去过日子吧
到时
我会在那个世界，为你病逝的妻子
屈膝，赔罪

（原载《绿风》2016 年第 6 期）

简 评：

读这首诗，你得耐着性子。

读了第一段，读完第二段，估计你也不一定猜得到作者想写什么。

作者的年纪有多大，写诗已有多久？所谓老辣，或不动声色，大约如此。

“到时”二字，依然轻描、淡写。

但最后的四个字，却刹那间，让我泪湿眼眶：所谓伟大的母爱，也莫过如此！

（黄 钺）

那些树

徐　钺

而这里是生着锈的黄金。我们
在遗忘的重压下紧紧拥抱昨天的词，像青铜
拥抱命运冷却的模子。

我把呼吸过你的岁月命名为果实
昨天，我们曾在它的身上取得苹果和杏仁。

而你来自雪和寂静本身，死是你钟爱的词。
尽管此刻你并不记得
花朵，——那过晚苏醒的语法，短暂柔软的过去
曾在我们漫漫黑夜的国度里开放。

此刻无人醒来，野兽彻夜舔舐自己的伤口。

你睡了，在北方寻找黄金。梦将你的阴影拉长。
如同果实：一场关于过去的战争落下——
残冬之鸟在你的怀里歌唱。

（原载《星星》2016 年 2 月上旬刊）

简　评：

“树”是一个隐喻，也是一个词根。

（张德明）

天一黑我们就相爱

徐　晓

天一黑我们就相爱。待我熄灭
体内的火，搬出生锈的泪腺
再把嘴角摆成微微上翘的弧度
等你

来吧，带着你的沧桑和疲惫
像即将结束流浪的人
最后一次，对着崎岖的来路
和破碎的野心，泪流满面

天一黑我就掌灯煮酒
你要顺着那抹摇曳的星火
一直走，一直走
直到有一所孤独的房子
令你止步不前

（原载《星星》2016 年第 5 期）

简　评：
有点儿像《聊斋》。
但我宁愿，栽进去。
为什么，那么好的女鬼，我一个也没遇见过？

（黄　钺）

旅 思

许登彦

中巴车，现在多么像
蛛丝上粘住的一只甲壳虫
在乡愁这只钟摆的两头
乡下和 100 公里外的小镇之间
荡过去，又荡回来
多少年了，它划过的痕迹
渐渐长成了我身体里的血管

在靠近车窗的位置
我就这么静静地坐着
默想一些过去的事，或者
什么也不想。望着窗外
原野、村庄、河流、树木、电线杆……
在自己的眼前飘忽而逝
一如我们曾经想要努力抓住的
青春，正在离我们慢慢远去

起点和终点连接而成的
海岸线，拍打着
未知而苍茫的人生
日夜兼程的思念
在旅途埋下一个个路标
指向家园永恒的原点

（原载《绿风》2016 年第 3 期）

简 评：

我也是一个正宗的乡下人。如今父母远逝，旧宅成空，寂静之夜，读着这首诗，“钟摆”的感觉，更甚：失衡之重，令人更累……

（黄 钺）

我以挖掘机的方式生活

许天侠

就这样活着，如一台挖掘机
身体硬朗，牙齿锋利
让生活有条不紊
不迎风落泪，也不随风起舞
在一点一点的光阴里
慢慢前进
啃世上难啃的骨头
埋人间如风的流言

（原载《诗选刊》2016 年第 11～12 期合刊）

简 评：

这挖掘机，我也想购买一台。

（黄 钺）

篱 笆

许志华

1

篱笆有高的，有矮的
有稠密的，有稀疏的
有整齐的，有参差错落的
有紧致的，有松松垮垮的

2

比菜畦高的是篱笆
比篱笆高的是豆架
比豆架高的是南山

3

篱笆那一面花飞蝶舞
篱笆这一面，母鸡在呼唤
钻进篱笆缝的小鸡

4

篱笆上挂了一只竹篮子
竹篮子里装满了阳光
和麻雀的叽叽喳喳

5

松动的篱笆木
抬起生了青苔的脚
它的心早已随年轻的乡村主妇
到隔壁家串门去了

6

枯朽的篱笆木

还记着他从前爱慕过的一只
容貌登样的葫芦
没有人知道，他临终时
在灶膛的火里说了什么

7

一道矮篱笆，是允许人跨越的篱笆
一道中等高的篱笆，是允许你来我往交换菜蔬的篱笆
一道稍高一些的篱笆，是允许人谈天说地的篱笆
一道有缺口的篱笆，是允许孩子钻进去偷枇杷的篱笆

8

层层叠叠的篱笆中
有一个务农的乡下人
故乡的村村镇镇是他的篱笆
他活着，锄头铁耙扁担是他的篱笆
他死了，青青墓草是他的篱笆

9

层层叠叠的篱笆中
有一个身份不明的浪子
西装领带和金丝眼镜是他的篱笆
挂满头衔的名片是他的篱笆
彬彬有礼的冷漠是他的篱笆
你也是我的篱笆

（原载《诗林》2016 年第 4 期）

简 评：

志华同志，建议把第 1 节和第 9 节删去。蛇太长，难转身。也不需要脚。

（黄 钺）

花　旦

轩辕轼轲

当年她演穆桂英
身手矫健
两腿跳起来
足尖一个十字交叉
就能同时踢开小番扔来的
八条花枪

后来她不演了
认识了某县长
调进了某个机关
这次足尖不论怎么画十字
都没撬开他的家庭
县长退休后
她回归到穆柯寨一样
空荡荡的别墅
感到当年踢开的那些花枪
又缓缓扎回心间

（原载《中国诗歌》2016 年第 9 卷）

简　评：

好诗！易懂，意深，比喻活，那些让人摸半天脑袋，捻断数根胡须的，也好，但很多没胡须捻的，肯定有意见。

（黄　钺）

月亮吃人

雪　马

月亮照着吃饱了饭的人
月亮照着吃不饱饭的人
月亮照着很想吃饭的人
月亮照着不想吃饭的人
月亮照着不能吃饭的人
月亮照着空想吃饭的人
月亮照着照着
只能照吃不了饭的人

（原载《诗潮》2016 年第 5 期）

简　评：

因为，吃了饭的人，都回“家”去睡了。没饭吃的人，还在大地上，流浪！

（黄　钺）

水明楼

哑　石

夔州，杜甫蹲地上树鸡栅时，不知
自己的落魄会成就一尊“神”。
“四更山吐月，残夜水明楼。”
他的忧喜，比神所忧喜的，具体多了，
但也可能更严峻。现在看来，
修水筒，树鸡栅，写诗，为诗立规矩，
确实是他杜家的事，旁边真能
插上手的，并不多。其实，子美
人缘不差，在哪都不时有人接济，
落魄，有点自我闪耀的意思。
喝酒！高兴了就发癫，譬如自况以圣，
（这里面的危险他比我们清楚）
或者，写下极长极长的排律……
我想多数时候他不高兴倒是真的，
就像深水中，一头鳟鱼，用力稳住身躯。

（原载《扬子江诗刊》2016 年第 4 期）

简　评：

水明楼建于清朝乾隆时期，杜甫的“四更山吐月，残夜水明楼”却写于唐朝，它们的关系不言自明。

杜甫是诗圣，可他的生活颠沛流离。在他的时代，他是不会知道自己将来是会成“圣”的。他的作品基本属有感而发，可谓典型的“国家不幸诗家幸”……

（黄　钺）

拜　城

亚　楠

他一直向北眺望　天山
在苍凉中呈现出青灰色云翳
我渴望驻足　像一个
游子回到他的故乡
回到从前　水草丰沛　牧人
用沉默的年轮歌唱
宛若乡村盛宴　还乡的人
手持杯盏　相互祝福
祈祷来年风调雨顺

也把最深的爱置于笔端
歌唱飞鸟　辛勤劳作的人们
和金黄色麦穗
都在舞蹈中打开自己
也记住了　雪峰之上　阳光和
金色童话映衬
在拜城古老的隘口

（原载《绿风》2016 年第 3 期）

简　评：

拜城是天山边的一个小县城。诗人就是在这里眺望天山，感受到那里故乡般的温情。

（张德明）

凶　年

严　正

星期天是客观的，我是主观的
两条腿在公园散步
踱去的时间像碑投下的阴影
切线上一点点太阳的时刻
它们依然如此。
天边与身边，空与白
一首诗从结尾读到结尾
那些迷雾般的字眼
在我的脑海搅动着地球上的温柔。
夜晚和死亡，像一对孪生的主题
眼睛放肆地瞧着
我没有遁入空门但是我能嗅到
自我的味道。我们隔开山川
与河流，慢吞吞地形式主义的悲伤。
在一个干净而明亮的地方
星星洒在湖面
铁轨旁，我们抛下旅行箱，丝绸，凉鞋
和欲望驰过的电车。
每一千米都有一只挥别的手
每一年都有在风中冻结的瞳孔
一颗小星球的白等于：
一个凶年，
一分钟默哀，
一片没有思想的平原。
每一次回忆都是一次远眺
像迟钝的老人冻结的双手
在雨中
我像一根牙签
我的舌头还蠕动着
几乎没有速度
我醒在一只眼睛的黑暗里
像亲人留下的辞
是现实还是回忆？
我像个旅行者，在七月十四日
在不熟悉的城市

我用单音节写下一则消息：
太阳照在海湾的另一岸
仿佛你还活着：钟情于别处的风景。

（原载《诗歌月刊》2016 年第 7 期）

简　评：

一种疼痛的记忆，一次坎坷路上的忧思。

每个人都可能有失意的时刻，从中能咀嚼出生命滋味的人，就是诗人。

（张德明）

自画像

燕无汐

生为女子，她命中有木
五行缺水
在红色城市，住简陋寓所，替同居的男人和孩子
计较一日三餐，偶尔刮骨疗毒
用瓷碗盛雪
给陌生的人写字，描花，流水高山
邮往自己的邮箱
不等回信，不担心遗失

她不把信仰和神挂在嘴边
她祝福草原、森林、荒凉之城雨水充沛
祝福父母安康
生疏的村庄，一切还在生长

她此生做得最为坚决的事：
中年以后，去幽静的地方，守住一个永不相见的人

（原载《星星》2016 年 3 月上旬刊）

简　评：

不能不说，诗歌所述之人，是一个令人惊诧的奇女子。

（张德明）

江孜帕拉庄园

阳　飏

略去挂在墙上的整张老虎皮、雪豹皮
略去各式精美的银器、鼻烟壶以及裘皮服饰
从三楼那间有些昏暗的屋子出来
走下陡直的木楼梯，阳光亮得晃眼
略去蓝得像是蓝上又抹了蓝的天空
一只镶银的金座人头骨碗
还有一个人腿骨号，在我眼前
晃动着
导游介绍，这是一个贵族少女的小腿骨
难道可以继续发出青春妙龄的声音吗
卓玛还是央宗？蹦蹦跳跳一头甩动的小辫子
蹦蹦跳跳，假设她听见了自己小腿骨号的声音
——那她只能是神
西藏神多，经幡飘荡酥油灯一盏盏
神不说话，小腿骨号别吹响
如果哪天陡直的木楼梯突然坍塌
是否因为少女小腿骨号兀自发出了声音呢

西藏神多，一些不可思议的事情时有发生

（原载《绿风》2016年第5期）

简　评：

诗中的那个“小腿骨号”，一定具有某种神授之意。要不，为什么读完一遍，我就再也忘记不了它呢？

（张德明）

一个人去跳墩河

杨碧薇

我们走着走着就散了
各自，纠结于各自的坡度、深坑和进退
比大山包更大的白雾，替我们掩藏
各自的失败与迷茫

我从山顶下来，朝跳墩河走去。一路上
黑斑石压着红土地，红土地按不住流水
我走一步，雨就大一些
再走一步，栈道边的野花就更烈一些

越走人越少，越走越孤单
我知道，这才是我将用尽一生
去解决的重大难题
而大多数时候，我们却只能
对此进行无用的修辞

（原载《诗刊》2016 年 11 月号下半月刊）

简　评：
“跳墩”是河名，而非去跳“墩河”哦。
不过“跳”在这里的歧义，无形中增加诗的阅读诱惑。
后面的两行，是否也正对应于此？

（黄　钺）

苹果园

杨　方

那一年，钻过土围墙的缺口
意外撞见繁花盛开的苹果园
我曾诧异世界有这么多美丽花朵，蓬勃，拥挤
仿佛按前世约定集中在一起
规模宏大地开放和凋零
就像有些人，终日愁苦，劳碌
这时候也要停下来，聚集在苹果树下
喝伊力特，唱快拍热烈的木卡姆
用一双四处奔波赶路的脚
有力地跺着大地上的尘土和落花

我曾经想过这些人，这些花
为着什么集中在一起
又羊群一样四处分散，飘零
秋天，摘光了苹果的树木
会显出无限衰败和老朽
百木萧萧，人世像一处破败的花园
土围墙的缺口，像童年的缺牙，总在漏风
这些年，苹果园里，花朵依旧盛开，凋零
有的结成正果，有的无疾而终
唱木卡姆的人，有的已经死去
墓地上覆盖苹果花宁静的气息
仿佛这就是命运，无论我怎样辗转
都无法再次穿过缺口，回到落花汹涌和歌声起伏

（原载《绿风》2016年第1期）

简　评：

我也曾见过苹果园，那么多果树挤在一起，果实累累。而一次偶然的撞见，有时真的会永留记忆。

作者所写当然不仅仅在苹果花，而是时间的不可挽留，是时光的无法重现。那些唱木卡姆的人，已经不能再回到从前……

（黄　钺）

山上的教堂

杨河山

时间的遗迹，走在去往查雷维茨山
近千年的教堂的路上，我时刻感受
到生命的残酷。满山坡的石头仍然
如当年的姿态摆放，并且漆黑坚硬；
石头城楼，门廊，围墙，食品库，
面包房，酒窖和大水池还是从前的；
蜿蜒流过的扬特拉河也是从前的那
条，只是有新的黑色河水源源不断
从什么地方涌出；山顶的升天教堂
也是从前的教堂（或许几经修葺）；
而这里的人，当年那些披着长袍生
有胡须的神父，早已死去，他们的
胡须变成了草树，他们曾从这满是
石头的山坡上走过。

（原载《诗林》2016 年第 6 期）

简　评：

散文诗的笔法，作了分行的排列，也就有了更多的诗意。
诗人要告诉我们的是有关信仰的危机吗？

（张德明）

一滴雨从高空砸下来

杨　角

横竖都是个死
一滴雨从高空砸下来
使水面记起了花圈
沙滩想起了弹坑

死是恒定的
不可选择
但坠落的地点可以
我选择水
让一条河流在瞬间找回痛感
我选择沙滩
让大地在一次凹陷面前记住疼痛

如果这两点都做不到
我选择另一种死亡
作一道闪电
在即将跌落地面的时候
迅速，把自己的骨灰
抱回天空

（原载《星星》2016 年 8 月上旬刊）

简　评：

雨的“死亡”，还可以如此惊心动魄。
不能不佩服诗人超凡的想象力。

（张德明）

毁灭奏鸣曲

杨　克

鱼从不仰望高山的树
翠鸟也不羡慕雪豹的花纹
不相干的男女绝无冲突
越亲近彼此伤害越深

牙齿咬破舌头
闪电灼疼乌云

情坚似铁也会生锈
脆薄的瓷
碎成锋利的一片
插进她皮肉一分
自己也内伤一寸
釉的光泽波动残酷的美
鲜血淋漓的伤口
娇艳若猩红的嘴
紧闭密不透风的城门

灯光在暴风中咔嚓折断
卷走一地残骸
一场大火，生命烧剩一副骨架
像几节黑炭
内里千疮百孔
一管风笛吹奏两支曲调

伸手抓不住消失的虹
生怕大风吹走最后一点儿灰烬

（原载《诗歌月刊》2016 年第 4 期）

简　评：

“越亲近彼此伤害越深”，准、狠。哦，怪不得爱情就像双刃剑，我现在定神一看，剑的寒光里，又走出了我脾气十分英雄的前妻……

（黄　钺）

爱我的人，都是把我用旧的人

杨犁民

背负姓名身份衣服功名命运家庭社会和是与不是
以及其他什么，在浊世踽踽独行，仿佛背一堆鲜艳的垃圾
一刻也不曾放下
周身都是，叮叮当当的声音

爱我的人，都是把我用旧的人（我却找不到理由恨你们）
其实那一刻我已经放下，可你们仍然没有放下
直到把我的名字挂上墓碑和族谱，像挂一具不死的灵魂

——那一刻，我心停止，只留一堆肉身
你看，月亮这枚唾手可得的银币，多像我一贫如洗的一生

（原载《星星》2016 年 4 月上旬刊）

简　评：

这样的比喻多么新鲜，也突然有些让人心痛或不安：我们，是否也二者兼是？

（黄　钺）

月亮山

杨森君

高处仍然很冰凉
坐在石头上的人，未必是为了
看到更远的地方，秋天能留下来的
恐怕只剩下这些枝丫了

无序的枝丫
接近边缘

流水载着落叶
滑下石崖

一些红色的植物
我还叫不上它们的名字
叫不上名字的喜欢
让我在此逗留

是时候了
连最微小的事物
都默许了
黄昏到来前
白昼的寂静

在月亮山，前世长于今生
沿着一条石径拾级而上，两侧的树木
看似比石头还古老

在月亮山
见过世面的人
常常都会弯下身
像年幼的孩童一样
喃喃自语

（原载《扬子江诗刊》2016 年第 6 期）

简　评：

"久在樊笼里，复得返自然。"

（黄　钺）

皮　肤

杨胜应

到处都在脱皮
只是墙壁，只是木头，只是瓦片
窗口，房门，围墙
其实还有树，草与庄稼牲畜
我是其中一个脱皮的人
因为努力在站立，像一个坚强的
隐喻，我羞于说出皮肤内的皱褶
羞于说出里面的藏身术
那些代替我们活着的
耐寒、耐热、耐苦、耐磨的
生命，因为难以拯救和漫无边际
我愧于说出庞大的老虎
斑纹中闪烁的河流，愧于说出
被阳光灼伤了皮肤的父亲
和挨着父亲生活了一辈子的母亲
他们本不是绝配。

（原载《星星》2016 年 11 月上旬刊）

简　评：

由“皮肤”联想到亲情和生命，切入点小，触及面大。这样的诗思结构，也算是较成功的。

（张德明）

写给小米

杨晓芸

小米，你蜷缩在我膝上，哆嗦。
我爱你寒风中的哆嗦
像火苗乱抖。让我们相互拥着
一同抵制伤感，像某个人深夜坚持读完
一本伤感的书。

不谙世事的小米，在温暖的怀抱
摊开毛发和肚皮。
可是你冰凉的黑鼻头，整夜翕动着
没来由的警觉。

（原载《诗刊》2016 年 3 月号上半月刊）

简　评：

对宠物的歌吟，也算是现代人某种生活侧影的描述吧。

（张德明）

一只羊在电话里

杨秀武

我给母亲打电话　接电话的是一只羊
母亲说　我身体好了
羊咩咩叫了几声
母亲又说　我养了一只羊
咩咩咩的声音越来越大
母亲骂羊　你妖里妖气地叫谁啊
像我小时候放羊　我骂羊　母亲骂我

我想那只羊一定是白色的
那一只羊没有长角
那一只羊走路像个妖精
那一只羊的眼睛像两颗星星
那一只羊的小蛮腰有婀娜的引力
那一只羊有律动的翘臀
那一只羊轻盈的叫声能掌控

我母亲 85 了　好多事都忘了
我喜欢白色的羊　她说到那边去了
喝了忘魂汤都会记得住
一只羊在电话里　一群羊在练车场上
练车场上的羊　声情并茂
从金桂大道　金龙大道　到七里坪的山上
一只白色的羊
窜到屏幕上　偷听密谈

（原载《诗选刊》2016 年第 4 期）

简　评：

羊接了电话，羊出现在电话里，羊让我想入非非。这些令人难以置信的场景，在诗中频频出现。最终凸显出来的，其实是迷人的亲情。

（张德明）

你的眼神

天　天

那里头的雪正在燃烧
寒天是一种信物　被不断地缅怀
你坐在松涛间　让我想起
久远的一幅画　一座被岁月掏空的门槛
枯藤上的几缕阳光　像谁的遗产
在尘世的手边慢慢消退

荒地里　一些风声正在往下陷
如果此刻我望见你　在谷穗老去的安宁里
在未了的青葱里　我的少年郎
在命运的恍惚间一闪而过
你那么年轻　你干净的眼神已将我深埋多年
人世荒凉　一个人住在心里太久了
就成了一座孤零零的坟

（原载《飞天》2016 年第 10 期）

简　评：

忆旧之作，怀人之诗，低沉的调子里有难舍的深情，令人感动。

（张德明）

今夜睡觉

姚　彬

以前的觉都睡错了
姿势错了，梦错了

风从四面吹来
屋后的灯光
怯生生的亡灵
走漏风声的情义
不在场的狼外婆
新病如旧
忠孝潦草
阳光飞檐走壁
隐姓埋名的病灶
上帝的手
叙利亚的自由枪弹
低头的前程
昂扬的寂寞
来路不明的大欢喜
受伤的灰鸟
彷徨的倾听
父亲的炊烟
不丹的花房
糖的散漫
月光的综合征
升迁的狐
左手的饥饿
右手的恶
一直在飞的金币
说着话儿的万物
下午流过的河流
远山还如黛
这些影响了姿势
篡改了梦

今夜世界全无
今夜我睡世界大觉

（原载《诗潮》2016 年第 6 期）

简　评：

这当然是首奇诗。第二段几乎三十行，但每行都那么短，这显然是有意地排列。而其内在逻辑却互不牵连，就像一个万花筒，每次轻摇都可重组世界。“今夜我睡世界大觉”，这样的口气，你是否熟悉？“以前的觉都睡错了？”哦，梦原本是与这些无关的，却一直都被这些乱七八糟的事，“篡改了”！

（黄　钺）

对诗：修琴的女人

叶 丹

入秋以后，山顶露出一间木屋，
“树叶少于蒙着薄霜的鸟巢。”

我记得上山并没有固定的路径。
“视野开阔，痛苦没有遮掩。”

林间住着位独居的修琴的女人，
“山下是因欲望而浮肿的人间。”

她的母亲留给她一把走音的古琴。
“每晚，我抱着琴才能入眠。”

我在春天爱上了她，曾给她写信。
“叶落尽时，我拆开有余温的信。”

我爱她冰冷的，会发芽的指尖，
“信封里并没有结出厌世的果子。”

太迟了，即使爱意未随季节冷却。
“如果真的太迟，不如永不抵达。”

母亲死后，她再也没有下过山。
“我害怕杂音，也不擅长告别。”

没有人见过她，但晚上琴声灌满枝叶。
“不如把身体还给这继承来的落叶林。”

总在虚构的敌意里陷得太深。
“我曾一度找不到晚祷的理由。”

她志在修补声音，做弦的仆人。
“修琴，为了不让母亲再死一次。”

点烛定弦后，未来就允诺了她。
“所有的夜晚，都是古代的夜晚。”

落叶因幸福而奔跑，仿佛应和。
“每个声音因祈祷而饱满。”

如此的天赋，好像她是伏羲的女儿。
“我在灯下，复你夹着雪花的信。”

（原载《诗刊》2016 年 11 月号下半月刊）

简　评：

奇诗。形式独特，意境幽深，恍如聊斋，恍若隔世……

（黄　钺）

败酱草

叶丽隽

惊听一夜春雷。晨镜中，果然
燎泡上唇——唉，多么令人羞愧
我那虚弱、不洁的本性……

谁能预料，季节滚动着的深喉，繁殖的
是新生，还是新的恐惧？

还以为，我已远远地退后
败酱草一样
埋首于人世的低处
在苦涩的陈腐气中，沉溺并懂得：
山野之间，有着本然的救赎

几乎是一种呼唤呢——怀揣一腔虚火
我惦念着郊外
乱丛之下，那清热解毒的草木

诚如，再粗鄙的个体，也需要一个隐蔽所
一个在暗中，不断过滤的自我

（原载《诗刊》2016 年 9 月号下半月刊）

简　评：

败酱草，中药，主治清热去毒。了解这点，诗就不难读了……

（黄　钺）

阿妈的祈祷辞

叶　舟

我不要金和银，我只要一把针眼大的锥子，去缝靴子。
我不要太多的羊，我只要一男一女。
媳妇不要太漂亮，只要她能生育，奶水和母牛相当。

我不去寺里点灯，凌晨三点我也能找见草料，喂饱牲口。
我不想吃得太多，一小块奶疙瘩足够我消化半天。
如果心里有，我的帐篷就是一座庙，我烧香磕头。

我没去过山外，也不想，天空把我拴死了，我累赘极了。
我不打算长寿，一百岁刚好，该看的事情我都看过了。
呵呵，我这么说，请别见怪，因为我是个快乐的小姑娘。

（原载《诗刊》2016 年 10 月号下半月刊）

简　评：

阿妈的祈祷词，朴素而珍贵。
诗歌直现了阿妈的说辞，并能凸显诗意，实属不易。

（张德明）

姐　妹

衣米一

我送黄色碟片给她
因为她说寂寞，而且从没有体验过快感
我送泪水给她，因为她说明天必须哭，而她的泪水已经不够用
我送刀给她，用于刮骨疗伤
我又送一个男人给她，告诉她这个男人是可以爱的

几年后，她将这些一一归还给我
黄色碟片、泪水、刀和男人
她说她现在百毒不侵，足以对付许多个世界

（原载《中国诗歌》2016 年第 1 卷）

简　评：

用较为独特的方式，勾勒了一个女性的生命成长历程。

（张德明）

露　宿

般常青

多少年了，清风一直在吹荡，吹着一片山河的气息，
也吹着尘世的绳子。多少年了，一个人还相信那些
不着边际的爱情，相信那些流水是他的亲人，那些桃花
是他的旧爱，那些露珠是他每天的新欢。多少年了——
没有什么可以被打扰：孤独是一个人的事情，喜悦
也是一个人的事情，他是他自己的人间，他是他自己的
祖国。多少年了，一只蝴蝶经过风以后歪向了落日，
一些野花经过风以后靠近了蜂鸣，一些月光经过风以后，
投进了河流，一个人经过了风，经过了尘世，多么安静，
他用骨子里的白，回照着世界里的黑，他有缠绕的小草，
有白云，有青山，有一幅旧挂历，还有一颗平静的心——
多少年了，清风里的此岸与彼岸，因为他，多么辽阔。

（原载《诗选刊》2016 年第 8 期）

简　评：

长句子的诗行排列，最有可能给读者带来阅读疲劳。好在读完之后，还有些收获，还能读到的是内心的孤独和宽慰。

疲劳，似乎因此减少了很多。

（张德明）

水　浒

尹　马

有一个菜市口，有一根恶棍
有一条好汉原本不在江湖，有一把刀
原本照不出太阳的影子

并非一定要饮酒在同一个破屋，并非一定要强迫
一个唱小曲儿的美妇，并非一定要手起刀落

有一个回不去的庄园，有一个管家
有一个嫂子原本不水性杨花，有一个兄弟
原本不亡命天涯。

（原载《星星》2016年8月上旬刊）

简　评：

这是“鲁提辖拳打镇关西”诗歌版，有兴趣的可找来《水浒传》对着看。与原著不同的是，诗里多出了“原本”这两个字。

（黄　钺）

克献家的麦地

于　邦

刚下了一场雨
麦子正在拔节
有一种草，喜欢长在麦地
是麦子的近亲

和克献合影留念
他家的麦子漫过我们的腰

家的蜂巢
总有那么多小东西飞进飞出
日子过得自在，富足
克献似乎有些骄傲
他有理由骄傲
他有他的十五亩地，他有根

（原载《诗林》2016 年第 2 期）

简　评：

有根的生活状态，着实是令人羡慕的。

（张德明）

不需要

于贵锋

我和亲人说话时提到的河
就是渭河
这不需要备注
这不需要解释

河，就是我们能懂的方言

（原载《星星》2016 年 6 月上旬刊）

简　评：

由于至亲，由于熟悉，对某些事物的称呼时，就有可能使用简称或代称……

（黄　钺）

车站谣曲

于　坚

当局换人　路线于是改变
车站尚未使用即被废弃
路上的人们不知内幕
他们习惯性地看见车站就停下来等
抽一支烟卷儿　喝干水　直到天黑才离去
就像古老的流浪者背着袋子
瘸着腿走出这荒凉之城
我听见他们在天空下唱歌
必须信任还会有车站
下一站　另一个站　否则怎么走？
多美的背影呵　在一栋空楼的拐角处消失了
世界骗不了这些快乐的人　他们带着歌声
鸟儿也将这里当作落脚点
它们蹲在生锈的顶棚上拉出漂亮的屎粒
将塑膜踩得叽叽喳喳　它们的站要多些
在那星空下摇晃着的电线是
附近的那棵桉树也是

（原载《诗刊》2016 年 12 月号下半月刊）

简　评：

人的车站和鸟的车站，形成鲜明比照。人和鸟比较，到底谁更自由？诗歌仿佛给了某种解释。

（张德明）

某橡树

于　坚

当我们上课时　它逃走了
那根细铁丝被长粗了的肩头挣断
掉下来　就像曼德拉获释时的手铐
从前园丁用它绑过块小牌子
标明这是一棵　橡树
仿佛这是它值得表扬的　罪状
读过一遍就忘了　那时候它真矮
小便浇到它　灰茸茸的小耳朵就晃个不停
越长越粗　一直在原地踏步
它的脚步从不偏移它的地牢
不背叛它的原罪　满足于走投无路
它不是积极分子　自己围困着自己
耽误自己　从不滋事生非　迎风招摇
跟着叽叽喳喳的乌鸦研究黑暗
饮水　收集落叶　它喜欢笨重的舞蹈
总是在接纳丑陋　愚钝　只导致失败的琐碎
它在学习着一种复杂的残疾　用它的天赐之材
危机四伏的金字塔　阻碍着美的视野
傲慢的阴影永远向着消极扩展
直到世界再也看不见它的肋骨　真理筑成
我们无从命名　只有将木字旁去掉
叫它大象　是的　它正在黄昏的高原上移动
风暴在它后面犹豫

（原载《扬子江诗刊》2016 年第 3 期）

简　评：

把一棵树慢慢“叙述”成金字塔，再去掉它的肋骨，再转换成一头大象，连风暴都感到力不从心，只有于坚这种“话痨”，才轻易做到。

（黄　钺）

白鹤高鸣

余笑忠

新春适逢雨水
阴晴不定的早晨，我在沙滩上闲步
为河道中多出的小洲感到惊奇
人们从河床取走了太多的沙
我猜想，这应该是河岸垮塌的一部分
连带着几棵树，被激流裹挟到这里
这之后，几棵柳树稳住了它
将这个小洲放大，它可以是一个大荒岛
几棵柳树不妨看作沦落之人
他们也有春天
也会在日出之前
听到白鹤高鸣
也会循声而望，以确认它们之所在
像此时，我在一览无余的沙滩上
深一脚浅一脚地行走
于阵阵鞭炮炸响的间歇
为几只在河道上空
相互追逐且一路欢鸣的白鹤
而忍不住加快了步伐

（原载《扬子江诗刊》2016 年第 4 期）

简　评：

在人烟稀少的地带，有声音就有了生机。何况是白鹤的高鸣，那更是生机无限了。

（张德明）

在与你相聚的路上

余秀华

这掩盖不了的欢愉：我在与你相聚的路上
阳光照在合欢上，照着它们啪啪打开的声响
一些花过于紧张
一个恍惚就打着转，落到地上
我几次碰倒了桌上的水杯
桌上的水映出窗外乱飞的云光

哦，你一定会说：这个女人小小的躯体里
一些凌乱，微弱的光
如荒野里野兽的眼睛卷起风
她呈现给我的我来不及猜
就已经迷惑在她遮蔽的部分
而她遮蔽的却又是那么明亮

此刻的世界，孤独尖锐
微风里，倾斜着危险，扶正着叛乱
我向芳草萋萋的左岸挥别
我喊：救救我

（原载《诗刊》2016 年 12 月号下半月刊）

简　评：

遭遇爱情，女主人显得如此紧张，忙乱，魂不守舍。
不能不说：有诗意。

（张德明）

骨　头

余幼幼

人体有 206 块骨头
是不是每一块都有名字
可以感受到它的存在
是不是每一块都潜入过
别人的梦境或身体
率领它们去闯荡
与命令它们折返的
是哪一块呢
悲伤的那一块
和高兴的那一块
相隔有多少距离呢
成为女人的那一块跟
成为母亲的那一块
是否是同一块呢

比起我们拥有相同的骨头
却不能拥抱的事实
我的疑问
远远不够

（原载《星星》2016 年 11 月上旬刊）

简　评：

以骨头为切入点，来追问情爱与性爱的深意。入思巧妙，追问有味。

（张德明）

写给11月6日的梦境，和它的消失

宇　舒

两个没有脸庞的人
两张真切的嘴唇
一个和我一样敏感、冲动的人

我梦见了你，不顾失散了的爱惜
和老死不相往来的决定

不是我想回忆起
乱世里声嘶力竭
最终却不着一词的失散
（空气里我颓然离开）
以及更早的早年
我如何在弥散着奇妙体味的叙述里
遇见忧伤、恍惚、容易自伤的同类
不是

甚至我想，我梦见的并不是你
我只是梦见了，一个没有脸孔的
爱人，梦见我踯躅着
牵了那只瘦瘦的手，幸福像汽车
滑过减速带时的震颤，它不肯减速

它呼啸着向前，肯定就会撞碎什么
我对你说——
那就让我们彼此指认吧
越过这个我们爱着，又怀疑着的世界
越过爱着，又怀疑着的人群
越过爱着，又怀疑着的彼此

……这时候，天就亮了
你依然是我的敌人
在找回了脸庞的清晨

（原载《诗刊》2016年7月号下半月刊）

简　评：
敌人，爱人；梦中，现实。
无疑，那份爱是让人纠结的。

（张德明）

圣洁的一面

宇　向

为了让更多的阳光进来
整个上午我都在擦洗一块玻璃

我把它擦得很干净
干净得好像没有玻璃，好像只剩下空气

之后我陷进沙发里
欣赏那一方块充足的阳光

一只苍蝇飞出去，撞在上面
一只苍蝇想飞进来，撞在上面
一些苍蝇想飞进飞出，它们撞在上面

窗台上几只苍蝇
扭动着身子在阳光中盲目地挣扎

我想我的生活和这些苍蝇的生活没有多大区别
我一直幻想朝向圣洁的一面

（原载《诗刊》2016 年 4 月号上半月刊）

简　评：

这是一首旧诗，但诗意不旧。我愿意再次读它，再次把那块玻璃擦净，再次让自己这只向往光明的苍蝇，飞身撞去……

（黄　钺）

深陷在人间

羽微微

逃是逃不出去
神说如此，便如此
但我仍然对神心存疑惑
疑惑神也会来不及孕育奇迹
疑惑没有神
再微小的尘埃
还是会懂得许下愿望
再微小的愿望
还是会往呼唤它的方向奔跑
但我啊，我说，我深陷在人间已久
唯有将热爱过的事物
再热爱一次，唯有在人间
看那些美好的事物，顺从着时光
显露出毫不挣扎的样子

（原载《星星》2016 年 1 月上旬刊）

简　评：

作者聪明，把世界提高到了“神”的位置，才会出现这样的题目——深陷在人间。

而时光之强大，唯有“神”才可比拟。

（黄　钺）

仍有寂寞，但不是你

雨倾城

我迷恋于一切的白：
白的云，白的马，白的餐桌、衣裙
和花朵。仍有寂寞
但不是你。
半夜起身也不是。
你是我不知道的嘴角的甜，
小声地喊，心长荒草的
浮生半日。
莫管我。白天，我在山中望月；
天黑，我在床头想雪。

（原载《诗潮》2016 年第 6 期）

简 评：

这是一则哑谜，谜底——白马王子。

如此优美地，写心中的乱，写向往的爱。带着小小的任性，小小的呼喊。

（黄 钺）

永生于我的记忆

玉　珍

我认不出我的童年了
它们消失于无从修补的记忆
那里残存的标识如此陌生
风声中没有过去的风

他们造出了另一栋房子
另一个广场与公园，另一个开发区
他们吃掉了我的田野和苞谷
用斗鸡般的推土机
将我开花的山坡剃成了光头

还在继续着摧毁与制造
世界，机器，或另一个世界与机器人
他们想造出爱人，造出
另一个太平盛世，或无笑话的历史
造出家庭外的家庭，婚姻永不重复

这样的制造将替代什么？那些
颠覆般骇人的智慧，那与我如出一辙的人
永远无法制造，失去的自然永远无法修复

在放大的野心中问题不只是问题
无法存在的异世界迟早被强大自毁
所有无法相认的过去逐渐成为空白
有人变成别人，有人变成灰土
一代人连遗址都无法拥有

我恐惧集体的抛弃陷入
永久的孤独，那些失眠的午夜
我用力存储记忆可能的火种
那些油画般清晰的故乡，从睡梦中复活
只有回忆保留着永生，他们从思想中回来
将随我共生共死

（原载《诗歌月刊》2016 年第 3 期）

简　评：

好像有些过头，柴扉诗意，山野纯朴，但也不应拒绝现代之城。我们，更不能返回古代。

尽管，这仅为“诗”。

（黄　钺）

每一道菜里都盛满甜言和蜜语

袁东英

忘记凝视与诉说，已经很久很久
今晚，我在每一道菜里
都加了颗粒状的糖
我用它们，烹制渐老的情话
让彼此变甜

想哭一会儿。我已经很久没有哭了
在人生风雨来袭的时候
我靠紧你的胸膛，像靠紧一座山
而迎面的风，灌顶的雨
合成不止千遍的哭

你要活得自由，我要活得浪漫
我们像凹凸的山水，相向的舟船
那么不同，却紧密在一起
关联与互补

生活递过来一张白纸
我们都喜欢在上面涂涂抹抹
你画的是物质，我画的是精神
我们至今不知道
物质与精神，哪一个更重要

今晚，每一道菜里都盛满
我从未表达过的甜言和蜜语
少女的冷拼，少妇的热炒，现在的清汤
它们千娇百媚，等着我
向你，和盘托出

（原载《诗选刊》2016 年第 10 期）

简　评：

一个已经“清汤寡水”的女人，一个曾经以精神生活为重，让丈夫重体力多了点儿的女人，如今，一个人在静下来的世界面前，长歌当哭。

我理解了，为什么有些悲痛，要用甜蜜的话语，唱出。

（黄　钺）

白大褂

袁　源

农村办丧事
亲戚多
有时孝服不够穿
就有人去诊所
借医生的白大褂
应急

送殡的队伍中
穿白大褂的人
像是急救来迟的医生

（原载《诗潮》2016 年第 12 期）

简　评：

哈哈，这大概是“白大褂”的又一用途。
但这诙谐中，似乎总隐藏着尘世的一点点什么。

（黄　钺）

小　镇

苑希磊

把爱揉成小镇的黄昏
配以篝火。尖顶教堂上的时钟是缓慢的
就像一个人到另一个人的距离。

小镇边上是海，浪花退却
无垠的蓝，墨蓝，蓝得凝重，深邃
像我幽深的梦境中出现的眼睛

我愿在这小镇吸烟
等一群迷路的星星旋于夜空
我愿等一封飘过海面的信，一只漂流瓶

小镇上空的鸽子，纯粹的哨音
唤醒童年的切口。我在这里活着，写诗
仿佛就是要一直等你来，如浪花汹涌

哦，黄昏。我再次把自己揉碎
与你一起将爱过的再爱一遍，将恨过的
也学着去爱。像鸽子爱着天空和家园

如一个流浪汉爱他肮脏的肉体
纯洁的心灵。

（原载《星星》2016 年 5 月上旬刊）

简　评：

临海的小镇，海水深蓝，时光缓慢……

在俗世，我多么希望，自己即使是一个流浪汉，也要在它的面前，保持“纯洁的心灵”。

（黄　钺）

在异乡的人

臧海英

我理解一个异乡人
低下去的头。也理解他
紧紧攥住，又松开的拳头。我甚至理解
他嘴角蠕动的血，蓝衣服下的抖。我不能理解
持棍的人推搡着他。更不能理解
很多人围住他，谈起天气。我最不能理解的
是我，这个怯懦的异乡人
和他对望了一下
只是对望了一下

（原载《诗歌月刊》2016 年第 2 期）

简　评：

人在异乡，常会生出莫名的孤独、孤单、孤苦。

在别人的屋檐下，腰，总会不由自由地弯。

诗中的异乡人被人欺侮了，同为异乡人却手无寸铁的“我”，又能怎样呢？我愤怒，那一根针扎入心的时候，上帝啊，她也只能忍……

（黄　钺）

千里走单骑

张成德

……为了汉火种做一次打点
走上一程，需要决心的
你可想象多一次响鞭
驱动弧线之内飞雁

兄弟啊，桃花的落第
它又对应了山河月亮

真的猛士不是该游春鞠球
真的猛士并非
要紧守一个奶瓶口
当那开宗立派小温侯
要以古道之襟展示
刺绣莲藕
验明自己刀头

不可低首
不可一条河洛龟背上。停留
且：呼哨吹动发梢
我且倒拖着刀头、扫帚
向这无眠之夜

——君知否：我以烽火计滴水漏斗
——君知否：遍地残筒无字可辨

兄长啊，独对汉字黑瓦
乌雀写了告天下人的书
令某呕吐

累累荒原，我当以红脸旗帜一面
唤那迟暮的小旋风

——新婚不如久别
久别啊，怎能抵上草鞋

这千里之行
唯有这杜康
能与某作灌水之帖
阅尽西风之烈

（原载《诗潮》2016 年第 10 期）

简　评：

处处以古语入诗，又丝毫不显古板迂腐之气，而是漫溢着现代性气息。诗人的词语把玩术还是很见功力的。

（张德明）

独坐书

张二棍

明月高悬，一副举目无亲的样子
我把每一颗星星比喻成
缀在黑袍子上的补丁的时候，山下
村庄里的灯火越来越暗。他们劳作了
一整天，是该休息了。我背后的松林里
传出不知名的鸟叫。它们飞了一天
是该唱几句了。如果我继续
在山头上坐下去，养在山腰
帐篷里的狗，就该摸黑找上来了
想想，是该回去看看它了。它那么小
总是在黑暗中，冲着一切风吹草动
悲壮地，汪汪大叫。它还没有学会
平静。还没有学会，像我这样
看着，脚下的村庄慢慢变黑
心头，却有灯火渐暖

（原载《诗潮》2016 年第 2 期）

简　评：

这首诗让人的内心温润，最后一句有着不可轻视的感染能量……

我总怀疑张二棍身上藏着一件早已失传的兵器——二折棍。现在，他不小心又用上了。

（黄　钺）

辨心记

张建新

每天，都问问是否做到了自己，
山中荆棘水里莲叶恰好挂着露水，
这就与新的一天构成了联系，
还有打太极拳的人，跑步的人
从睡眠里拔出自己，在雾气中
绘出难以描述的形状，他们与我
或者也与他们自己构成了
三角形、四边形、梯形、矩形，
有如猫爪之刺藏于肉垫，也有
如气球般柔软但不堪挤压，
每天，都问问是否做到了自己，
我就来到一棵柳树下，
柳树绿柳树黄，你谈到过去，
有后悔之心痛恨之心，现在
你的心又是不规则的多边形，
猫爪之刺在肉垫里伸缩，
形状的难以描述让人几乎崩溃，
鸟从一枝芦苇上弹向空中，
远离了芦苇颤抖，把这颤抖留给
湖水，因此湖水形状无名，
你兼有鸟的自由心湖水的颤抖心
以及荷叶半枯心杂糅于一体，
每天，都问问是否做到了自己，
我就来春天的柳树下秋天的柳树下，
我已有如柳叶般绿的心黄的心

（原载《扬子江诗刊》2016 年第 2 期）

简　评：

有些饶舌，因为在“辨心”哦。

因为天下事情，常常只有天知地知“我”知，你估计是不知的；因为天下最好的朋友唯有自己，最大的敌人，也唯有自己。

（黄　钺）

惊　蛰

张静波

雪带着残冬的绝望
在冬天的花园里作最后的伫望
就在昨天，通往省城的郊区
公交车转弯的路旁，雪水已经融化
灰蒙蒙的果树园，风湿漉漉的
昼与夜，开始不安地骚动
我扒开薄雪，丁香树下的草叶已经泛绿
那些蛰伏一冬的虫子，开始伸着懒腰
因为，它们闻到了林子的气息
冬眠的蝴蝶已经死去，一场新的时装
正在日后上演
雪是一种虚妄，一种假象
风越过了山谷，橡树。少女和红纱巾
黎明前的灌木丛多么幽深
海岸线弹奏自由的合唱
朦胧而清晰的城市，应和着脚步声
走过冬天俄式的黄房子和废弃的城堡
我家中蜗居，等待邮递马车，昏暗的午后
写下冬天的挽歌
雪。白昼。以及花园里消亡的声音
哦，帕斯捷尔纳克流亡写作的日子
同样深爱着祖国的春天

（原载《诗林》2016 年第 6 期）

简　评：

节气之歌，并不被传统节气所拘束，而是充分展开想象的翅膀，着意呈现季节变换中的感受和情绪。

（张德明）

静地 186

张　联

和神一样地分布在田野上
从一个山丘到另一个山丘
我们默默地守着每一片的庄稼地
它们正在雨后的阳光里
开满了黄色的花朵
和红色的花朵
你不是劳作　而是守候
甚至在芬芳间歇足安睡
当人们互相遥望着
看着远方各自的影子
静默中是那么的神秘
我们等待收获
闪现在你眼前的
是如辣椒般的红水晶
你采摘在手中
所有的欣喜传颂在大地上
你走向另一个山丘
你走向另一片金黄
你走在大地的腹部
瞬间在金碧辉煌的洞中
天窗滴着金色的沙露
原是花朵的香露
铺满了这样殿堂的底部
人声在大地之上的顶部传来
清晰如隔壁之遥

（原载《诗歌月刊》2016 年第 6 期）

简　评：

我们有些时候之所以会耐心地守候，是因为丰收在望！

（张德明）

雪　夜

张小美

窗户明净，雪花飞舞
覆黑以白，覆万物以白，神在降临，神在布道。

悲伤与喜悦
都不合时宜
一杯白水凉了
寂静如同沙沙翻动的书页

一朵雪花轻易击倒我
让我卸下所有的力量
就在今夜
她在室外堆积
我在室内融化

（原载《中国诗歌》2016 年第 3 卷）

简　评：

有雪的降落，便总会有雪的融化。这诗出新之处在于，融化的竟然是“我”！

（黄　钺）

素描牡丹

张晓雪

喜欢你的大胆，喜欢你
鄙视扭捏，高傲自持
你无所顾忌的样子，仿佛
满世界都是你的情人

你从不收敛自身的光芒
依次占尽了红、黄、紫
绿、蓝……
何时，你堆高了性情
降低了四面八方占有者
他们盲目的自尊

你被迫与高贵连在一起
被迫蛮横、热烈
你靠近太阳的时候最丰满
当你撑破春天，怕荒废掉的
一身灿烂，被暖风反复翻动

你有过的错误，在于
省略了简朴，把寒流闲置
你被姿色统治，却也统治着
收集姿色的目光和领地
即使凋零了骨骼，心
却起舞摇动，席卷满城……

（原载《绿风》2016 年第 5 期）

简　评：

对牡丹的美赞之辞，艺术勾勒出此花的特质。

（张德明）

闲　云

张新泉

天都把自己蓝成霸主了
云再白，有何趣？
让参和商们去走台和互诽吧
赞歌响处
城头变幻大王旗……
有些孤高，但并不孤立
袍袖翩翩
去山腰的国学研修所
只一首“风入松”的距离

闲来无事七十三变：
王冠。时装。卧马。飞鱼……
啥？你问孙大圣住哪里
嘿嘿！云窝里眠，云头上立

（原载《诗潮》2016 年第 6 期）

简　评：

作者是老作者，早已退休，过着休闲的生活。却，依然葆有着一个纯粹诗人的优秀品质，否则，也写不出这样的诗：不管出世入世，世界都在他的心上。

（黄　钺）

垂老冷

张雁超

越来越晚了，你得忆起《石壕吏》
为自己虚设恶吏，方能越过墙头
你得从掩脖的黄土中
奋力拔起老身，只差那么一点
就能过得去
你得在门外放只凳子
因为你有时会忘了家门钥匙
那黑漆漆的窗孔，只身守家的你
我们骨肉稀薄又分离的高墙时代
都是谁抓走了所有壮丁
老太婆你端着凳子
颤巍巍，在翻自家院墙
你银白的头在墙头忽忽闪闪
像白雪正化去——多么冷

（原载《星星》2016 年 8 月上旬刊）

简　评：

这是一曲当代乡村的悲歌。

田地荒芜，青壮离乡……那个颤巍巍，又忘了带钥匙的老太婆，却又不得不翻自家的院墙……

（黄　钺）

草原老鹳草

——仿雷蒙德·卡佛《那首未写的诗》

张映姝

这是一直想要写的诗，
但是没写，
因为你不在这里。
我又想起了
在萨吾尔的那个清晨。
你从遥远的地方披星而来
只为了看正在盛开的金莲花
我们不会迷失方向。只是在山坡上
追逐植物的秘密以及
内心的所冀
只是看过一朵，又一朵
伸展腰肢。望见几步外一丛老鹳草的绽放
如此意外而镇定。仿佛
我们来到那儿
就是一次必然的偶然

（原载《诗歌月刊》2016 年第 10 期）

简　评：

仿写有时就是重写和再造，目的就是出新。

（张德明）

喝水的小鸟

张永伟

我坐在湖边，看见一只小鸟
飞来喝水。我一直那么坐着，它可能
以为我是一截没有危险的树桩。

它在水边轻巧地跳了两下，
就喝饱了。我忽然觉得自己
像水珠那么饱满、感动。

树木把枝影落在我的肩上，
像兄弟那么亲近，却不给我的肩头
增添一点重量。

喝饱的小鸟，昂起脑袋叫了两声，
像是表示对湖水的感谢。我和它
一起飞走了，留下一截没有危险的树桩。

（原载《诗刊》2016 年 5 月号上半月刊）

简　评：

写小鸟的诗篇几乎都令人喜欢，因为它首先会带来灵动与自然气息，总比那些让人紧张的人间爱恨，让人放松。

诗的第三段完全是独立的，却让全诗得以骨肉相连。最后“我和它”才得以“一起飞走”，那留下的，才会成为一截真正没有危险的“树桩”。

（黄　钺）

流　星

张　勇

群星璀璨的空中
我痴迷于那颗流星
暗夜里撕裂的光亮
留下怎样的伤痛

默默注视到大地沉静
无法抚慰光亮灼伤的心灵
你若一颗流星
陨落在我记忆的苍穹
过往的难再重复
人生再无法重逢

她也若一颗流星
消失在薄雾般的朦胧
再见却是梦境
岁月是这般匆匆

我也是一颗流星
出现在谁人记忆的天空
谁人不是流星
谁人可以永恒

抬头仰望星空
陶醉群星相拥
又有流星划过
点燃了记忆的灯笼

（原载《绿风》2016 年第 1 期）

简　评：

诗的前半部分有些大众化，从最后两段的第一行开始，却出人意料。

及至最后一句，诗的意境美竟被迅速点燃，并如孔明灯一般，具有冉冉上升的魔力。

（黄　钺）

桉树叶水浸泡着少女那卡

张远伦

桉树是村庄里最润滑的树
奶奶站在树下，仰着头
用一根长竹竿绑上镰刀，伸到空中
那卡看见一片片桉树叶落下来
几乎就要覆盖奶奶的瘸腿了
这个下午，那卡都躺在宽大的木桶里
任由桉树叶熬成的黑水，浸泡她少女的身子
奶奶说女娃生过了疥疮就是大姑娘了
泡过了桉树叶水
就是懂得有痛也不哭的大姑娘了
黄昏，天色渐暗，水温渐凉
那卡从桶里跨出来，裸着身子
像一株小桉树那样，在暮晚风中
抖了抖身上回潮的露水

（原载《扬子江诗刊》2016 年第 3 期）

简 评：

生生不息是一个最动人的词，无论是哪一根链条，如果有一节断了，那一部机器再大再巨，也必将……

又一个少女开始长大，谢谢上帝又把一个最动人的词输送到人间。当然，更应该感谢乡村中这看似虚妄的一幕，就像某部机器，一个小小的几乎隐藏着的开关，又被轻轻按下。

（黄 钺）

郊外之歌

张作梗

春天。郊外比市区更激荡、新鲜，更具活力。
那儿，甚至风筝也想一飞冲天。
甚至花房里的小人儿，
也在练习蹦出体外。
——凡是醒来的，都用嫩绿色的嗓音打着招呼。

公牛不是来自田野，而是来自配电房，
那儿，十二万伏的电压正把郊外的春色输往城市。
田野解冻，比人心更彻底，
稻草人从去年的秋风中探出焕然一新的头颅。

我该说说那些雀鸟了——它们的鸣叫一直
将屋顶抬到天上；返青的
喉咙，啄破缠裹种子的地衣，
那儿，淌出第一首奶油色的黎明之歌。

风还是后来的事，尽管它们总是掺杂在
树叶的生长中。公路上，卡车驮着白云飞跑，
静止的是水塘喂养的天空——那儿，
我经年练就的垂钓功夫仅限于不停抛掷时间的诱饵。

至于地米菜、野芹、芦蒿、茭白，身处中国广大的
郊外，这些寻常之物就像我的左邻右舍，
——尽管它们会被城里视为珍馐。
春天，我独自在
这儿享用无边的春光，羞惭而愉悦。

（原载《诗选刊》2016 年第 4 期）

简　评：

郊外是个有些灰色的词，像鸡之肋，食之无味弃之可惜，可是一个城市，永远做不到漫无边际。

但郊外也是一个让人放松的词，体制内的紧箍咒，权力中的你死我活，商业里挖下的陷阱，都可松开、放下了……作者终于在这里，给这两个平时没人理会的字，唱了一首抒情的《郊外之歌》。

（黄　钺）

歧路诗

赵目珍

总有不尽的“光芒”四射
为此，我常常静观来路
有多少穷途之哭已不记得
但独见——
他们孤寂而茫荡的身影

有可以选择的死
有不可以选择的生
当他们陆续都选择了广陵散曲
我似乎也看到了秋风正盛
而那秋风所吹落的
黄叶满地——
正仿佛他们被击落的赤诚

（原载《诗选刊》2016 年第 5 期）

简　评：
“有可以选择的死/有不可以选择的生”，颇有意味。

（张德明）

晨 曲

赵晓梦

最先映入眼帘的，不是泛着金边的天幕
而是越来越黑暗的山，就要挡住鸟的视线
炊烟停止张望，让翅膀在旷野的窗台
用昨夜的温暖积攒睡眠

我确定，山上的树木都已醒来，保持着
晨练的姿势，拒绝用落叶试探山谷的回响
薄雾升腾的原野，一颗遗落人间的露珠
渴望回到天空的堰塞湖

白鹭湾离别的古渡口，挤满出门远游的鱼
撑船的竹竿找不到入水口。哪怕一米距离
也会伤害紧捂胸口的鱼，也会偏离河岸
设定的航线。还是交给风吧，尽管这船没有帆

雪山开始吐出金子，飞鸟受宠若惊
放下羽毛的杂念，接受神光的洗礼
只有树木保持肃静，即使身体被金光破碎
也一如既往地守护着这斑驳的清晨

（原载《诗刊》2016 年 6 月号上半月刊）

简 评：

清晨如此斑驳而有情，令人迷醉。

（张德明）

西　凉

郑万明

风打在戈壁上是凉的。
匈奴挑在弓刀上的月光
是凉的。

埋在烽燧下的白骨是凉的。
戍边将士收到的思念是凉的。

一个朝代走了。另一个朝代走来的背影
是凉的。那年秋天
我在西凉城转了转
看见从街头跑过的一阵匆促马蹄
也是凉的。

（原载《星星》2016 年 4 月上旬刊）

简　评：

西凉曾经是一个“国”，如今，物凉，国非……“物是人非事事休，欲语泪先流”也！

（黄　钺）

离世的亲人

郑兴明

心时时隐痛。才发现
离世的亲人，都搬到我心里
父亲、母亲、二姐……我的心
像扬花后灌浆的谷子，开始沉重

我的亲人——
他们不是伟人，活在史册中
不是领导，活在新闻中
不是明星，活在花边中
他们发光，充其量米粒大的萤火
发力，也就扶犁把锄挥镰
间或，行些小善
好不到哪儿去，也坏不到哪儿去
所以，只能往我心里去

所以，我开始爱惜身体
开始尽量吃素，尽量多散步
我害怕
我死去，会让他们再死一次
我死去，会让他们真正离世

（原载《绿风》2016 年第 6 期）

简　评：

把逝去的亲人，都搬到自己心里，这也许是难以忘怀远去亲人的一种人生经验，被诗人敏锐地捕捉到了。独特的哀悼远逝亲人的表达，给人带来牵动情肠的感动。

（张德明）

大北山一夜

郑　毅

冷雨敲窗，来自高空的黑云
压低人间的灯火
风从中作梗，跟一片瘦弱的雪松过意不去
枝头本有山雀停留，与山顶的晚钟相应
构成我的黄昏
山雀经不起风雨，等不及晚钟，顺势上扬
融进这虚构的黑夜

下临几户农家，几声狗吠，几点灯火
通往山顶的路边有高台突兀，高台的下面
跪满了忏悔的悬崖
雨夜留宿这高台处
高台处有山野人家

雨紧起来了，我想起了远处的江山：
明灭的灯火里有麻将声声
有平房屋漏的鼾声如雷
有檐下碰杯的破碎感
如今我在山上静坐，由此向东，与这些
隔着几个人间

（原载《星星》2016 年 9 月上旬刊）

简　评：

一次不经意的山中夜宿，领悟到人间的不同层次。

（张德明）

暮　晚

之　雅

没有什么事情是不能接受的
当窗外的哀乐飘进屋子里
河水里的青虾变成了
桌子上的酱菜
一位陌生人在中秋死去
而我的丈夫带回了另外的女人——
从他的身体里

在夏天的顺安路上，我曾经见过她：
充满野性的眼睛
黑色的卷发如同铁艺
母豹子一样优美的
背部弧线
仿佛随时准备跳跃出去
我看着她一步步走近，
若无其事地穿过我的身体

没有什么事情是不能接受的
在这弥漫着中药味道的旧楼里
一头牛走到盘中
和土豆躺在一起
我怜悯于这最后的结合
命运之手，它拿走的
搭配的，它指定的一切
因为怜悯而得到谅解

（原载《中国诗歌》2016 年第 2 卷）

简　评：

暮晚时分，在弥漫着中药味道的旧楼里，什么都有可能发生：有人会死去，有人会穿过别人的身体，把故事的主角换下，让有可能中断的生活，继续……

（黄　钺）

安　静

仲诗文

没经过槐树之前
他是一个干净的孩子
经过之时
他是一个若有所思的青年
窗子是木质的，彩色玻璃反射着太阳光
经过之后
他已是呆滞的中年
步子迟疑缓慢
到达田野
他就老了
连笑容都熟透了
一路上
槐树有时开花
有时正在落叶
阳光有时强，有时暗
有时没有

（原载《中国诗歌》2016 年第 6 卷）

简　评：

这首诗当然有点让人糊涂，因为作者使用了麻药：时间——用于切割。我们进入其中的某一行句子时，麻药的作用，还未彻底失效呢。

（黄　钺）

决　意

周　瓒

色彩嬗替的街边风景
细风吹落绽放殆尽的花瓣
油嫩的新叶像是树身挤出的绿血
我走在去年冬天新踩出的土路上
穿过桃树、银杏和连翘布置的绿化带
二月兰如同新铺的地毯
顶着一层青紫色软毛
我决意不再是我
萌生的愉悦并未加入轮回的游戏
咀嚼几个青涩的词
耳机中的节奏带动想象的舞蹈
流向四肢之端
要把这绵力传递到它应施展的地方
若能收放自如
若能凭着热爱和忍受继续
我就能接通生命的核心运化能量

（原载《扬子江诗刊》2016 年第 6 期）

简　评：

“我决意不再是我”，这种“去主体化”的想法，能将自己更快、更好地融入自然。

（张德明）

模糊之心

朱巧玲

我逐渐生出一种模糊之心
越来越多的卑微和不安
如虫豸在眼前，晃来晃去
我总在想就这样吧
任性也好
荒废也好
反正都是艰难度日
“太阳底下，无新事”
每过一天，时间便少了一截
那寂静而又盛大的词汇
在我心中盛开了，又衰败了
我经历过的事
都没有具体的结局
万物自在，唯有我
越来越盲从
当鸟儿从天空掠过
我想起了遁逝，这种无谓的情愫
如影随形
我仿佛只能往低处去了
每一个低处都有秘而不宣的东西
在吸引我
随便一阵风，一阵烟
都可以熄灭那盏如豆的灯火
我越来越想就这样
得过且过吧
反正都是一无所有
反正都是活在盛大的虚无里

（原载《诗歌月刊》2016 年第 3 期）

简　评：

“每一个低处都有秘而不宣的东西”，妙悟！

（张德明）

树木辞

朱胜国

从土地挖出洞，从天空挖出雨水
种树的人一茬接一茬
从木头里挖出犁铧，桌椅，床，棺材
挖出爱或恨，祈祷或诅咒，刻骨铭心或心如死水
前世或今生

而树木不记人间情，哪怕坟头常植佳木
料堆木材横陈，粗的细的，长的短的，各色各类
长在山中像猛士
躺在水中像嫔妃

人群在木纹中走动
木匠抚摸着斧头，清风抚摸着群山

（原载《星星》2016 年 12 月上旬刊）

简　评：

树木为世间常见的事物，它们比我们早到，也可能比我们迟退。感谢，它们陪伴了我们生死，感谢它们让大地隐去了荒凉。

“木匠抚摸着斧头，清风抚摸着群山”便仿如一句谶言……

（黄　钺）

暝　楼

——再悼张枣

朱　朱

玻璃门留有你的指纹
过道上有你的脚步声，
电梯摇晃如你喝醉的肩膀，
这幢楼有我进不去的暝色——
死，总是留下最完整
和最琐屑的：一个形象和
活过的证据。前者让赞美突然决了堤，
后者：锯子仿佛正沿墨线撤回。

（原载《诗刊》2016 年 12 月号下半月刊）

简　评：

张枣是“公认的20世纪的杰出的汉语诗人”，其代表作《镜中》有句：“只要想起一生中后悔的事，梅花便落满了南山。”

“暝”，意为“日落”“天黑”，此间包含着深切的友谊与怀念。诗的最后一句：锯子仿佛正沿墨线撤回。无情的岁月，便被再次，化虚为实，在我们面前。

（黄　钺）

与母亲一起洗澡

庄　凌

在澡堂的更衣室我迅速脱光了衣服
母亲却行动迟缓如老麻雀缩着翅膀
母亲瘦得只剩下了骨架
干瘪的乳房如空空的袋子
那些乳汁，那些粮食，那些温柔
都被时光挥霍一空
母亲年轻时也是村里的美人
在正月的戏台上与一群大姑娘跳舞
一直跳到摇曳的红高粱地里

母亲背对着我默默地洗着
我也把身子背过去
不敢看母亲衰老的身体
那是我的明天，隐藏着死亡的气息
“凌儿，我给你洗背”
母亲转过身来，她鸟爪一样的手指
在我光滑的肌肤上温柔地擦过
带给我一种男人抚摸时的快感
我为这种快感感到一丝羞耻
我也转过身来，给母亲洗背
心就一阵酸涩，我看见大理石的花纹

（原载《诗刊》2016 年 4 月号下半月刊）

简　评：

很记叙，很坦白。

但第一段的最后一行，藏起了“母亲”的某段往事。第二段的最后一行，也藏起了一截大理石的墓碑……

（黄　钺）

三角梅

最瘦的人

被你从时光中抽掉的
一秒是细雨，在漆黑小巷深处。
一秒是内心，穿刺而过的地平线留下一道虚影。
第三秒，笑容有了温度。
天蓝得那么弯曲，那么真，白天鹅游荡。
在这三秒构成的平面上
我四处旅行
想证明地球是圆的，三角梅下的光阴和妇人
也是圆的。

（原载《星星》2016 年 5 月上旬刊）

简　评：

时间是短促的，感觉是细致敏锐的。能捕捉转瞬即逝的心灵体验，传达别样的体物之情，使这首短诗体现出不俗的艺术品质来。

（张德明）

编后记

目前，中国的各类诗歌选本数量居多，年度选本当然是其中的重头戏，这种以一年为基本的时间单元，对当下诗歌现场进行文本上的美学梳理与集中展示的情形，构成了 21 世纪以来一种极为重要的诗学景观。除了各种版本的年度诗歌选本外，还有以年代为线索组织的选本，如新世纪诗选、九十年代诗选、八十年代诗选等；以地域为线索而编撰的选本，如山东诗人诗选、江苏诗人诗选等；以年龄为线索而编撰的诗选，如 70 后诗人诗选、80 后诗人诗选等。由于 2017 年适逢新诗百年诞辰之期，因此近几年来，以百年新诗为重要线索而组织编选的选本也有不少，比如《中国新诗百年大典》《中国新诗百年百首》《百年新诗选》等。诗歌选本的大量出现，一方面与当代诗人、评论家、出版人等所具有的文学史意识不断强化的趋势有关，另一方面也与出版制度的改革和民间资本对诗歌出版的资助等不无关系。出版社的企业化带来了通过出版而获取经济收效的利益驱动，而民间资本的日益雄厚和中国人从古至今对诗歌的历来重视等，也在客观上促成了各种诗歌选本的不断出笼。在我看来，诗歌选本的大量出现，或许并非坏事，至少在促进新诗的传播、扩大影响方面都起到了积极的作用。自然，如此众多的诗歌选本纷至沓来，有时也会造成“乱花渐欲迷人眼”的混杂局面，不仅不利于新诗历史的清晰化，有时还可能因以劣充优、鱼龙混杂的诗歌编排而让原本单纯的新诗史变得紊乱化和无序化。好在目前所有的选本也只是“选本”而已，并不是文学史的定论。今天能选入某个选本的，明天是否会被文学史接纳，或者，今天没收入选本的，若干年后能否被人们重新挖掘和发现，这些都充满了未知数。也许，只有时间能最终裁定这一切。

我曾在 2012 年底，编过《2012 中国年度好诗三百首》的选本，出版之后，受到了读者的普遍好评。分析其原因，可能是因为我一向倡导的“好诗”理念，在选本中得到了很好的贯彻落实。在我看来，一首真正的好诗，应该在结构、语言、情感和思想上都是尽善尽美的。因此，我给好诗制定了这样一个公式：

好诗 = 精巧的结构 + 优美的语言 + 真挚的情感 +（深刻的思想）

如果一首诗能同时拥有这四种要素，那么这样的诗歌必定是一首优异之作。当然，也有些诗歌可能拥有异常丰富而真挚的情感，但不一定蕴含着某种深刻的思想，这类作品在近百年新诗史上也不乏其例，这样的诗歌也在好诗行列，因此我将“深刻的思想”一项加上了括号。必须承认，百年中国新诗史上，并不缺乏为人称道的“好诗”。尤其是 21 世纪之后，随着读者对新诗阅读体验的不断积累、新诗美学认知的日益普及和新诗创作水平的整体性提升，“好诗”的出现频率在不断走高。

出版经费和其他方面的原因，使得“年度好诗三百首”的编辑出版计划一度搁浅，这是一件遗憾的事。2016 年，我与本地的几位诗歌朋友商议，大家想办法筹措资金，重新启动“年度好诗三百首”的年选编印计划，并坚持每年出一本，至少持续 10 年。这本《2016 中国年度好诗三百首》，即是计划重启之后的第一个成果。

感谢暨南大学出版社人文社科分社杜小陆社长，感谢诗人符昆光和黄钺，正是大家的共同努力，精诚合作，才有了这部年度诗歌选本的精彩面世。

张德明

2017 年 3 月 24 日于南方诗歌研究中心